तर्पण

शिवमूर्ति

राजकमल पेपरबैक्स

पहला पुस्तकालय संस्करण
राजकमल प्रकाशन प्राइवेट लिमिटेड द्वारा
2004 में प्रकाशित

राजकमल पेपरबैक्स में
पहला संस्करण : 2010
चौथा संस्करण : 2024

राजकमल पेपरबैक्स : उत्कृष्ट साहित्य के जनसुलभ संस्करण

राजकमल प्रकाशन प्रा.लि.
1-बी, नेताजी सुभाष मार्ग, दरियागंज
नई दिल्ली-110 002
द्वारा प्रकाशित

शाखाएँ : अशोक राजपथ, साइंस कॉलेज के सामने, पटना-800 006
पहली मंजिल, दरबारी बिल्डिंग, महात्मा गांधी मार्ग, प्रयागराज-211 001
1, अनमोल सोराबजी संतुक लेन, धोबी तलाव, मरीन लाइंस, मुम्बई-400 002

वेबसाइट : www.rajkamalprakashan.com
ई-मेल : info@rajkamalprakashan.com

बी.के. ऑफसेट
नवीन शाहदरा, दिल्ली-110 032
द्वारा मुद्रित

मूल्य : ₹ 199

TARPAN
Novel by Shivmurti

ISBN : 978-81-267-1890-0

तर्पण

दो बड़े-बड़े गन्ने कन्धे पर रखे और कोंछ में पाँच किलो धान की मजदूरी सँभाले चलती हुई रजपत्ती का पैर इलाके के नम्बरी 'भेंड़कटा' नत्थूसिंह की मेंड़ पर दो बार फिसला। कोंछ के उभार और वजन के चलते गर्भवती स्त्री की नकल करते हुए वह दो बार मुस्कराई।

आज की मजदूरी के अलावा चौधराइन ने उसे दो बड़े गन्ने घेलवा में पकड़ा दिए। जब से इलाके में मजदूरी बढ़ाने का आन्दोलन हुआ, खेतिहर मजदूरों को किसान खुश रखना चाहते हैं। पता नहीं किस बात पर नाराज होकर कब काम का 'बाईकाट' कर दें।

इस गाँव के ठाकुरों-बाभनों को अब मनमाफिक मजदूर कम मिलते हैं। पन्द्रह-सोलह घरों की चमरौटी में दो-तीन घर ही इनकी मजदूरी करते हैं। बाकी औरतें ज्यादातर आस-पास के गाँवों में मध्यवर्ती जाति के किसानों के खेत में काम करना पसन्द करती हैं और पुरुष शहर जाकर दिहाड़ी करना। चौधराइन औरतों को खुश रखना जानती हैं। कभी गन्ना, आलू या शकरकंद का 'घेलवा' देकर, कभी अपने टी.वी. में 'महाभारत' या 'जै हनुमान' दिखाकर।

लेकिन धरमू पंडित के गन्ने की बात ही और है। लाल छालवाला। मोटाई में भी दुगना। बड़े-बड़े रस भरे पोरोंवाला। नाखून से भी खुरच दो तो रस की बूँदें चू पड़ें। फैजाबाद के सरकारी फारम से बीज मँगाकर बोया है धरमू ने। परभुआ कहता, "बुलबुल गन्ना। गल्ला बनाने के लिए छिलके का सिरा दाँत से खींचो तो पेड़ी तक छिलता चला जाता है।"

रजपतिया ने मेंड़ के बगल में लहराते सरसराते धरमू पंडित के गन्ने पर हसरत की नजर डाली। उसके मन में कई दिन से पाप बसा है—धरमू पंडित के गन्ने की चोरी करने का। गन्ना तो असली यही होता है। हरी छालवाली तो 'ऊख' है। आज ही उसका यह पाप फलित हो सकता था, अगर थोड़ा-सा अँधेरा हो गया होता।

सूरज भगवान लाली फेंककर डूबने जा रहे हैं।

एक तरफ बुलबुल गन्ने की सरसराती झूमती फसल। दूसरी तरफ पीली-पीली फूली लाही (अगैती सरसों) का विस्तार। बीच के खेत में बित्ते-बित्ते भर के सिर हिलाते मटर के पोल्ले। इन कोमल पोल्लों के स्वाद की बराबरी भला कोई और साग कर सकता है ? चाहे चने का ही क्यों न हो। ऐसी ही अचानक लगनेवाली 'गौं' के लिए वह नमक और हरी मिर्च आँचल के खूँट में बाँध कर चलती है।

नरम पोल्ले सिर हिलाकर खोंटने का न्यौता दे रहे हैं।

लाही के खेत में घुटने मोड़े सिर छिपाए देर से इन्तजार करता धरमू पंडित का बेटा चन्दर रह-रहकर ऊँट की तरह गर्दन उठाकर देखता है। दूर खेतों की मेंड़ पर चली आ रही है रजपतिया। अब पहुँची उसके खेतों की मेंड़ पर। अभी अगर वह उसके खेत से 'कड़कड़ा' कर दो गन्ने तोड़ ले तो रँगे हाथ पकड़ने का कितना बढ़िया 'चानस' हाथ लग जाए। फिर ना-नुकुर करने की हिम्मत नहीं पड़ सकती। पर आज तो यह पहले से ही दो गन्ने कन्धे पर लादे हुए है।

अगर थोड़ा-सा अँधेरा उतर आया होता...।

इस साल धान की लगवाही से ही पीछा करता आ रहा है रजपतिया का। पिछले साल का पीछा करना बेकार गया था। अगले साल तक अपनी ससुराल चली जाएगी। कितनी जल्दी रहती है इन लोगों को अपनी बेटियाँ ससुराल भेजने की। साल-दो साल भी गाँव में 'खेलने-खाने' के लिए नहीं छोड़ते।

रजपतिया ने आस-पास देखा। कहीं कोई नहीं। सूरज भगवान

डूब गए हैं।

वह मटर के खेत में उतरकर झुकी और 'हबर-हबर' नोचने लगी। बस पाँच मिनट का मौका चाहिए।

पहला कौर भी मुँह में नहीं गया था कि अधीर चन्दर अचानक जमदूत की तरह 'परगट' हुआ। देखकर खून सूख गया। गाँव के बबुआनों के लड़कों की मंशा तो वह बारह-तेरह साल की उमर से ही भाँपती आई है। और यह चन्दरवा। इसका चरित्तर तो अब तक दो-तीन बच्चों की माँ बन चुकी गाँव की लड़कियाँ तब से बखानती आ रही हैं जब वह इन बातों का मतलब भी ठीक से समझने लायक नहीं हुई थी। कसकर दुरदुराना पड़ेगा।

चन्दर की आँखों में शैतान उतर आया है। वह शैतानी हँसी हँसता है—"आज आई है पकड़ में। तभी मैं कहूँ कि कौन रोज मेरी मटर का सत्यानाश कर रहा है। घंटे भर से अगोर रहा हूँ।"

"अभी तो मैंने ठीक से खेत में पैर भी नहीं रखा। एक कौर भी मुँह में गया हो तो कहो। उसने मुँह फैला दिया—"आँ ! देखो।"

उसकी धुकधुकी तेज होती जा रही थी।

"और यह जो गठरी बाँध रखी है कोंछ में, सो।"

"यह तो मजूरी है।"

"मजूरी कि पोल्ले ? जरा देखूँ तो।" वह आगे बढ़ा।

"खबरदार।" वह पिछड़ते हुए गुर्रायी, "दूर ही रहना। मैं खुद दिखाती हूँ।"

खबरदार ? खबरदार बोलना कब सीख गईं इन 'नान्हों' की छोकरियाँ ? इतनी हिम्मत !

और रजपतिया का कोंछ खुलने से पहले चन्दर का हाथ बदमाशी के लिए चल गया। इस चले हुए हाथ को बीच में ही झटक कर वह गरजी—"हरामजादे।" और पीछे हटने लगी।

झटके हुए हाथ की अँगूठी की नोक आँचल से अरझी तो आँचल फट गया। धान खेत में गिरने लगा। वह आँचल सँभालती इसके पहले ही चन्दर ने लपककर उसे कन्धों से पकड़ा और पैर में लंगी

मार दिया। वह सँभल न पाई। गिर गई और ऊपर झुक आए चन्दर के बाल पकड़कर खींचती हुई चिल्लाई—''अरे माई रे। गोहार लागा। धरमुआ कै पुतवा उधिरान बा रे।''

''का भवा रे ? कौन है रे ?'' लाही के खेत के उस पार की मेंड़ पर घास छीलती परेमा की माई चिल्लाते हुए दौड़ी—''आइ गए। जाइ न पावै। पहुँचि गए।''

सुनकर रजपतिया को बल मिल गया। छुड़ाने की कोशिश कर रहे चन्दर के बालों को उसने और कसकर पकड़ लिया।

''कौन है रे, का भवा ?'' परेमा की माँ पास आ गई।

उसने चन्दर के बाल छोड़ दिए। वह उठकर खड़ा हुआ तो रजपतिया भी उठी। कपड़े ठीक करते हुए वह बताने लगी—''इहै मेहरंडा धरमुआ कै पुतवा। कैलसिया (चन्दर की बहन) कै भतरा। अन्नासै मारै लाग।''

''क्या कहा ? धरमुआ ? बहिन की गाली भी। नुकसान भी करेगी, चोरी भी करेगी और ऐसी बेपर्दगी वाली गाली भी। जबान में लगाम नहीं। साली चमाइन।''

उसने नीचे पड़े गन्ने की अगोढ़ी तोड़कर गद्द-गद्द दो तीन अगोढ़ी रजपतिया की पीठ पर जमा दिया।

रजपतिया चिल्लाई। परेमा की माई ने लपककर रजपतिया को अपनी आड़ में लिया और सरापने लगी—''अरे तुम लोगों की आँख का पानी एकदमै मर गया है ? आँख में 'फूली' पड़ गई है ? बिटिया-बहिन की पहचान नहीं रह गई है तो कैलसिया को काहे नहीं पकड़ लेता घरवै में। भतार के घर से गदही होकर लौटी है। पाँच साल से किसी के फुलाए नहीं फूल रही है।''

''खबरदार ! जो आगे फिर 'जद्दबद्द' निकाला। पहले अपनी करतूत नहीं देखती। बिगहा भर मटर हफ्ते भर में बूँची कर डाला। फारमी गन्ना एकदम 'खंखड़' हो गया। उस पर झूठ-मूठ हल्ला मचाती हो।''

सिवार में चारों तरफ से का भवा ? का भवा ? की आवाजें

पास आती जा रही हैं। मिस्त्री बहू हाथ में खुरपा लिये दौड़ती हुई सबसे आगे पहुँची और चन्दर को देखकर बिना बताये सारा माजरा समझ गई। ललकारने लगी—''पकड़-पकड़ ! भागने न पावै। 'पोतवा' पकड़ि के ऐंठ दे। हमेशा-हमेशा का 'गरह' कट जाय।''

तीनों लपकीं तो लड़का डर गया। पकड़ में आ गया तो बच नहीं पाएगा। खुरपा... ! वह पीछे हटा। फिर मुड़कर भाग खड़ा हुआ।

रजपतिया ने बताया, ''जाने कहाँ से निकला और बोलब न चालब, सोझै मारै लाग। कहा हमार गन्ना तोरी हो। हमार मटर नोची हो। तलासी लेब। जब कि ई गन्ना चौधरी के घर से मिला है। देखने से ही पता चल जाता है कि इसके खेत का नहीं है।''

''ई हैजा काटा बौराइ गवा है। जवान जहान बहिन-बिटिया को आड़-ओट में पाकर तलासी लेगा ? हाथ पकड़ेगा ? इसकी तरवार बहक गई है। इसको किसी की लाज-लिहाज नहीं है। डर, भय नहीं है। सारा गाँव इसकी करनी से गंधा रहा है और कोई इसे रोकने-छेंकनेवाला नहीं है।'' मिस्त्री बहू गरज-गरियाकर बात को पूरे गाँव में फैला देना चाहती है। पाँच साल पहले उसकी ननद के साथ घटी घटना इसी रजपतिया की माई के चलते गाँव भर में फैली थी। अब उसे मौका मिला है तो वह क्यों दबने दे बात को ?

खेत में गिरा आधा-तीहा धान बटोरकर सब के साथ चली रजपतिया। इतना 'कौवारोर' सुनकर वह आतंकित हो गई है। मिस्त्री बहू बताती जा रही है—''इहै चन्दरवा ! अकेली लड़की देखकर गिरा दिया। वह तो कहो हम पहुँच गए। खुरपा लपलपा के धमकाया—छोड़ दे, नहीं काट लेंगे, तब भागा।''

दुआर पर जुट आई भीड़ को हटाकर रजपतिया की माँ बेटी को अन्दर करके दरवाजा बन्द कर लेती है। अभी रजपतिया का बाप नहीं लौटा शहर से दिहाड़ी कमाकर। इस बीच वह जान लेना चाहती है कि असली मामला क्या है ?

''सच-सच बताना। झूठ एक रत्ती नहीं।''

पियारे को गाँव में घुसते ही खबर मिलती है। सुनकर सन्न रह जाता है। जैसे पूरे शरीर का खून सूख गया हो। उसे तुरन्त अपनी बड़ी बेटी सूरसती की याद आती है। दस साल हो गए उसे कुएँ में कूदकर जान दिये हुए। आज तक पता नहीं चल पाया कि किसने उसका सत्यानाश किया था। और आज फिर...।

बाहर अँधेरा है। साइकिल खड़ी करके वह अन्दर जाता है। रजपतिया धान कूट रही है। वह हवा में कुछ सूँघने की कोशिश करता है। फिर सीधे रजपतिया के सामने जाकर खड़ा हो जाता है। उसे आया जानकर रजपतिया की माँ भी आ जाती है।

''क्या हुआ रे ? सही-सही बोल।''

''उहे चन्दरवा। अन्नासै ढकेल दिहिस। मारै लाग।''

''ढकेल दिया ? मारने लगा ?'' बबुआनों, सवर्णों के लड़कों द्वारा नान्हों, दलितों की जवान बहू-बेटियों का रास्ता साँझ के झुटपुटे में, निर्जन खेत-बाग में रोक लेने, ढकेल देने का क्या मतलब होता है, यह उसे खूब मालूम है। इससे अधिक न कोई बाप पूछ सकता है, न कोई बेटी बता सकती है। लगा उसके तन-बदन में धीरे-धीरे अंगार भर रहा है। अधेड़ देह उत्तेजना से काँपने लगी है। अभी मिल जाए साला तो बोटी-बोटी कर डाले। फिर चाहे फाँसी लगे, चाहे दामुल।

वह बाहर की ओर लपकता है। रजपतिया की माँ पीछे से आवाज देती है—''जरा सुनिए। पहले कान नहीं टोइएगा। कऊआ ही खदेड़िएगा। मैं कहती हूँ पूरी बात सुनकर जाइए।''

''क्या है पूरी बात ? क्या बाकी है सुनने को ?''

''अकेली नहीं थी बिटिया। परेमा की माँ थी। मिस्त्री बहू थी। उसने धक्का दिया लेकिन इसने भी तो उसका मुँह नोच लिया। बाल उखाड़ लिया। तीनों ने मिलकर खदेड़ा तो भागते भागा। जो तुम सोच रहे हो वैसी कोई बात नहीं हुई। फिर गलती तो इसी की है। जब हम लोग उनकी मजूरी का 'बाईकाट' किए हैं तो इसे उसके खेत में साग नोचने की क्या जरूरत थी ?''

''तो क्यों घुसी यह उसके खेत में ? किसने भेजा ? हरामजादी

तेरी ही जीभ कब्जे में नहीं रहती। बहुत चटोरी हो गई है। क्यों भेजा लड़की को ?''

पियारे उसका बाल पकड़ कर धमाधम चार-पाँच घूँसे पीठ पर लगाता है। पत्नी चिल्लाने लगती है—एकदम्मै सनक गया है ई आदमी तो। कहाँ का गुस्सा कहाँ उतार रहा है। अगर लड़की ने एक कौर साग नोच ही लिया तो क्या वह कसाई जान ले लेगा ? जवान जहान लड़की पर हाथ उठा देगा ?

ठीक बात। अभी चलकर वह धरमू पंडित से पूछता है। लाठी लेकर दनदनाता हुआ वह धरमू के घर की ओर लपकता है। दालान से चारा मशीन चलने की आवाज आ रही है। पियारे झाँककर देखता है। ढिबरी भभक रही है। उनका नेपाली नौकर मशीन चला रहा है। नैपालिन चरी लगा रही है।

कम मज़दूरी देने के चलते गाँव के चमारों द्वारा चार-पाँच साल पहले हलवाही बन्द करने के बाद धरमू कहीं से यह नेपाली जोड़ा खोज कर लाए हैं। बस इसे हल जोतना नहीं आता।

तभी धरमू हाथ में लालटेन लिये घर से बाहर निकलते हैं।

पियारे दनदनाता हुआ उनके सामने पहुँचता है, ''महाराज, आप ही के पास आए हैं। बता दीजिए कि इस गाँव में रहें कि निकल जाएँ ? आप लोगों की नजर में गरीब-गुरबा की कोई इज्जत नहीं है ?''

धरमू को पियारे का पैलगी-प्रणाम न करना बहुत अखरा लेकिन जाहिर नहीं होने दिया। अब तो यह आम रिवाज होता जा रहा है। वे शांत स्वर में बोलते हैं, ''कुछ बताओगे भी, बात क्या है ? तुम तो लगता है फौजदारी करने आए हो।''

''बात ही ऐसी है महाराज ! जानकर अनजान मत बनिए। आपके चन्दर महाराज ने मेरी बेटी को अकेली पाकर सिवार में पकड़ लिया। बेइज्जत करने में कोई कसर नहीं छोड़ी। सारे गाँव में हल्ला है।''

''देखो, हल्ला की मत कहो। इस गाँव में उड़ने को पइया तो

लोग सूप उड़ा देते हैं। लेकिन सुना मैंने भी है कि किसी को उन्होंने साग नोचते या गन्ना तोड़ते पकड़ा है। अभी घर नहीं लौटे। लौटते हैं तो पूछता हूँ। लौण्डे-लपाड़े हैं। गलती किए हैं तो मैं समझा दूँगा।''

''लौण्डे-लपाड़े ? तीस के ऊपर पहुँच गए हैं। बियाह हुआ होता तो पाँच बच्चों के बाप होते।''

''ठीक है, लेकिन तुम भी तो सयानी बेटी के बाप हो पियारे। तुम्हें भी आँख, कान खोलकर रखना चाहिए। लौंडिया जवान हो गई तो बिदाई करके कंटक साफ करो। घर में बैठाने का क्या मतलब ?''

पंडिताइन पता नहीं कब आकर पंडित के पीछे खड़ी हो गई थीं। सामने आते हुए बोलीं, ''जवान बेटी को बिदा कर देगा तो उसकी कमाई कैसे खाएगा ? उतान होकर गली-गली अठिलाती घूमती है। गाँव भर के लड़कों को बरबाद कर रही है। वह तुमको नजर नहीं आता ? जहाँ गुड़ रहेगा वहाँ चिउँटा जाबै करेंगे। एक बार चमाइन का राज क्या आया, सारे चमार, पासी खोपड़ी पर मूतने लगे। इतनी हिम्मत कि लाठी लेकर घर पर ओरहन देने चढ़ आए।''

''तै चल अन्दर। हम कहते हैं चल।'' धरमू पत्नी पर बिफरे।

पियारे भी गरम हो गया, ''किसी गुमान में मत भूलिए पंडिताइन। अब हम ऊ चमार नहीं हैं कि कान, पूँछ दबाकर सब सह, सुन लेंगे। चिउँटे को गुड़ का मजा लेना महँगा कर देंगे।''

धरमू पियारे को बुलाकर आगे ले गए और तसल्ली देने लगे, ''छोटा हो चाहे बड़ा। इज्जत सबकी बराबर है। इस कुल-कलंकी को आने दो आज। बिना दस लात लगाये घर में घुसने नहीं दूँगा। फिर आवाज दबाकर बोले—''अब इस बात को बढ़ाने में कोई रस नहीं निकलेगा पियारे। समझदारी से काम लो।''

थोड़ी देर तक दुविधा में खड़ा रहने के बाद पियारे लौट पड़ा। धरमू ने पंडिताइन को अन्दर ठेलते हुए हड़काया—''पैदा किया है ऐसा कुल-कलंकी और आग में पानी के बजाय खर डालना सीख

कर आई हो बाप के घर से। अभी सारी चमरौटी आकर घेरेगी तो दाँत चियार दोगी।''

''कुल कलंकी हुआ है तुम्हारे लच्छन लेकर। जैसे बाप अभी तक दुआर-दुआर छुछुआते घूमता है वही तो बेटा भी सीखेगा।''

''चल अन्दर।'' धरमू दहाड़े, ''ज्यादा गचर-गचर किया तो अभी मारे जूतन के...कूकूरि...।''

आधी राह तक आने के बाद पियारे को लगता है कि पंडित ने मीठी बातों से उसे उल्लू बना दिया। बिना कुछ किये घर लौटा आ रहा है। लगता है वह कुछ हारकर, कुछ गँवाकर लौट रहा है।

लेकिन क्या करे ? क्या कर सकता है ?

शहरों की वह नहीं जानता लेकिन गाँव में जवान बेटी का बाप होना, वह भी छोटी मेहनतकश जाति वालों के लिए महा मुश्किल। कितना धीरज, कितनी समवायी चाहिए, यह वह आदमी बिल्कुल नहीं समझ सकता जो किसी बेटी का बाप नहीं है।

वह चाहता था कि इस समय उसे किसी से मिलना न पड़े। किसी को कुछ बताना न पड़े। बिना खाए-पिए मुँह ढँककर मड़हे में सो जाना चाहता था। लेकिन दरवाजे पर तो पूरी चमरौटी इकट्ठी है। ढिबरी की मद्धिम रोशनी में उनकी परछाइयाँ हिलडुल रही हैं।

उसकी अनुपस्थिति में ही सब एकमत हो गए हैं कि थाने में रिपोर्ट लिखानी जरूरी है। मिस्त्री की बहन के साथ हुई घटना के चार-पाँच साल बाद फिर ऐसी वारदात हुई है। आसपास के चार-छह गाँव की बिरादरी में इस गाँव की बड़ी इज्जत है। भले ही मजदूरी बढ़ाने का झगड़ा दूसरे गाँव में शुरू हुआ लेकिन उसे सबसे पहले लागू करने को मजबूर किया था हमीं लोगों ने। तब से कहीं कोई टेढ़ा मामला फँसता है तो बिरादरी के लोग यहीं सलाह-मशविरा लेने के लिए आते हैं।... एक-दो रोज में बात चारों तरफ फैलेगी। एक आदमी की नहीं, पूरी जाति की बदनामी और बेइज्जती का मामला है।

पियारे बारी-बारी सबका मुँह देखता है। थाना, पुलिस में बात

ले जाने का मतलब है दस गारी और सौ-दो सौ का खर्चा। दस दिन का अकाज ऊपर से। नतीजा कुछ नहीं।

वह लोगों को समझाने की कोशिश करता है—लेकिन थाने पर लिखाएँगे क्या ? उसने धक्का दिया। और बदले में तीनों औरतों ने गरियाते हुए खदेड़ दिया। वह जान लेकर भागते भागा। इसमें लिखाने के लिए क्या है ?

लेकिन नौजवान तबका कुछ सुनने को तैयार नहीं।

—हम कहते हैं अगर दोनों औरतें न पहुँचतीं तब क्या होता ? क्या बचा था होने के लिए ?

—क्या हमें चेतने के लिए सब कुछ हो जाना जरूरी है ?

पियारे मानता है कि लड़के गलत नहीं कह रहे हैं। आज से नहीं होश सँभालने के बाद से ही वह देख रहा है कि बड़ी जातियों के लोग उनकी इज्जत पर हाथ डालने में रत्ती भर भी संकोच नहीं करते। बल्कि इसे उनके मान-सम्मान पर चोट करने के लिए हथियार के रूप में इस्तेमाल करते हैं। ज्यादातर मामलों में उनके घर के मुखिया को भी इसमें कुछ नाजायज नहीं दिखाई पड़ता। आज ही किस तरह मालकिन उल्टे उसकी बेटी पर तोहमत लगाने लगीं।

वह खुद भी जाति-बिरादरी के मामलों में हमेशा आगे-आगे चलता रहा है। क्या बोले ?

''जैसी सबकी मर्जी। वैसे मैं तो खुद ही धरमू को दस बात सुना आया। लड़का मिल गया होता तो बिना मूँड़ फोड़े न लौटता। पंडित चिरौरी करने लगा कि लड़का है। गलती कर बैठा। अगला जब अपनी गलती मान रहा है...''

''गलती मान रहा है तो भरी पंचायत में माफी माँगे।''

''कहाँ रहते हो ? वह बाभन होकर तुम्हारी पंचायत में माफी माँगने आवेगा।'' मिस्त्री का बी.ए. में पढ़नेवाला लड़का विक्रम कहता है, ''दो दिन की मोहलत पा गया तो आपस में ही लड़ा देगा। फिर करते रहिए पंचायत। कसम तो खाई थी सबने पंचायत में कि इस गाँव के किसी ठाकुर, बाभन की हलवाही नहीं करेंगे। फिर कैसे

धरमू ने फोड़ लिया बग्गड़ को। दो जने ठाकुरों की हलवाही करने लगे। बिना थाना पुलिस किए, ये ठीक नहीं हो सकते।''

रजपतिया की माँ सबकी बात सुन-सुनकर कुढ़ रही है। सब उसके आदमी को आग में कूदने के लिए मजबूर कर रहे हैं। विक्रम की बात सुनकर वह भड़क जाती है—''थाना पुलिस के बिना ठीक नहीं हो सकते ? इतना गियान है तो क्यों नहीं दिया यह गियान अपने बाप को, जब नत्थूसिंह के दोनों बेटे तेरी बुआ को चार औरतों के बीच से दिन दहाड़े गन्ने के खेत में घसीट ले गए थे। किसको नहीं पता कि किस-किस घर में कब-कब क्या-क्या हुआ ? कोई तो नहीं गया आज तक थाना पुलिस करने।''

रजपतिया की माँ की ललकार सुनकर सन्नाटा छा जाता है। पियारे को बहुत राहत पहुँचती है। लेकिन प्रगट में वह डाँटता है, ''तू क्यों फाट पड़ी बीच में बिना बुलाए। औरत जात। हमलोग कम हैं क्या समझने के लिए ?''

पियारे ही फिर बोलता है—''जो भी कदम आगे बढ़ाया जाए समझ-बूझकर बढ़ाया जाए। इसी में बुद्धिमानी है। आपलोग कहें तो टोले के बड़े-बूढ़ों की भी राय ले ली जाए। अपने दलपत बाबा हैं, गनेशी बाबा हैं।''

दलपत बाबा कथरी ओढ़कर लेट गए हैं। उन्हें जगाया जाता है। इतनी रात गए इतने लोगों को एक साथ देखकर वे हक्का-बक्का हैं। उन्हें सारी बात बताई जाती है। अलग-अलग लोगों के बताने से घटना के अलग-अलग रूप प्रकट हो रहे हैं। दलपत बाबा का मत है कि थाना-पुलिस और कोट-कचेहरी में दौड़ना अपना ही खून पीने जैसा है। दौड़ते-दौड़ते सिर के बाल झड़ जाते हैं। कुम्भन बाबा कि कौन बाबा कहि गए हैं—*जेकर मुँह देखे दुख उपजै तेहिंका करना परै सलाम।* इसमें कुछ हाथ नहीं लगनेवाला।

इतना बोलकर बाबा आँख बन्द कर लेते हैं। लगता है बैठे-बैठे सो गए। फिर आँख बँद किए-किए ही बोलते हैं—''वकील, मुंशी, पेशकार तो बहेलिए हैं बहेलिए। चिड़िया से ज्यादा गरीब कौन

होगा। लेकिन बहेलिए उसी का शिकार करते हैं। अंडे बच्चे माँ के इन्तजार में घोंसले में चीखते-चीखते मर ज़ाते हैं, लेकिन चिड़िया तो गई वहेलिया के पेट में। हमलोग भी कोट-कचेहरी जाने के लिए निकलते हैं तो समझो वहेलिया के पेट में ही जाने के लिए निकलते हैं।

गनेशी बाबा के पास जाने के लिए अब भीड़ में कोई उत्साह नहीं है, लेकिन पियारे सबको घेरकर ले जाता है। वहाँ भी उसे राहत मिलने की उम्मीद है। गनेशी बाबा का दमा उभरा हुआ है। बोरसी में आग सुलगाये अकेले बैठे-बैठे खाँस रहे हैं। दाढ़ी-मूँछ बढ़ी हुई है। पतोहू के शब्द-बाणों से छलनी मन यह जानकर पुलकित होता है कि लोग उनसे राय मशविरे के लिए आए हैं।

''लेकिन इसमें तो लड़की को भी इजलास पर हाजिर करना पड़ेगा। एक जिरह सुनने का मौका मुझे भी मिला था। दूसरे फरीक का वकील ऐसे-ऐसे सवाल करेगा कि...कैसे पकड़ा ? क्या पकड़ा ? फिर तुमने क्या किया ? फिर उसने क्या किया ? आखिर हम लड़कीवाले हैं। जगहँसाई तो हमारी ही होगी। यह तो अपने ही हाथों लड़की को कसाई के खूँटे पर बाँधने जैसी बात हो गई।''

''तो क्या चूड़ी पहनकर बैठ जाएँ ? इस अपमान का बदला नहीं लेना चाहिए ?'' परभुआ का छोटा भाई राजेश बोलता है।

परभुआ को इन लोगों ने, इसी चन्दरवा और नत्थूसिंह के लड़कों ने सिर्फ इसलिए पिछले साल बुरी तरह मारा कि वह रात में देर तक बाँसुरी बजाता था। रात में बाग में बाँसुरी बजाते पकड़ा और बहाना किया कि गंजी खोदते हुए पकड़ा था। परभुआ दूसरे दिन ही परदेश चला गया था। अभी तक नहीं लौटा।

''बदला तो वह लेता है बेटा जिसकी लाठी मजबूत होती है। घुस जाइए घर में दस आदमी। बाँध लाइए और मार लाठी-मार लाठी झोर दीजिए, ओलार दीजिए। खटिया पर पड़े-पड़े छह महीना हल्दी माठा पिये तो सारी बदमाशी झर जाए।''

इसके लिए कोई आगे नहीं आएगा। पियारे सोचता है—दस क्या

दो आदमी भी न मिलेंगे। बस उसके गले में फंदा डलवाने के लिए शेर बनेंगे।

मामला उलझ गया है। रात आधी बीत गई है। आधे से ज्यादा लोग एक-एक करके चुपचाप पीछे से खिसक गए हैं। कल सोचा जाएगा, तय करके सब अपने-अपने घर जाते हैं। भूख बिल्कुल नहीं है, लेकिन उसी के इन्तजार में पत्नी व बेटी भी बिना खाए लेटी हैं। यह जानकर पियारे अपनी थाली लेकर मड़हे में आ जाता है।

चारपाई पर बैठ अँधेरे में ताकते हुए वह मोटी रोटी के एक ही कौर को देर से कूँचे जा रहा है।

रजपतिया की माँ ने ऐसी बोली की गोली मारी है कि आज की रात विक्रम को नींद नहीं आएगी। अपनी बुआ का आँसुओं में डूबा चेहरा उसकी आँखों में बस गया है। तब वह नौवीं में पढ़ता था। उसकी बुआ का गौना होनेवाला था। दस बारह दिन बाकी थे बिदाई के, जब अचानक दिन-दहाड़े सिवार में घास छीलती उसकी बुआ को नत्थूसिंह के दोनों बेटे घसीट कर गन्ने के खेत में...।

आज भी सोचकर कलेजे में हूल-सा उठता है। नत्थूसिंह के दोनों बेटों ने गाँव में घूम कर धमकाया था—थाना पुलिस जाने के लिए कोई टोले से निकला तो उसका हाथ-पैर तोड़ दिया जाएगा।

दो दिन तक बुआ अपने बिस्तर से नहीं उठी। अँधेरे में औंधी पड़ी सिसकती रहती थी। विक्रम का बाप शहर में किसी बिल्डिंग में काम लगाए था। हफ्ते-हफ्ते गाँव आता था। जब तक वह लौटा तब तक बात पुरानी हो चुकी थी। विक्रम के कलेजे में तब से एक आग जल रही है। उसी समय विक्रम ने मन ही मन कसम खाई थी कि बड़े होकर नत्थूसिंह के दोनों बेटों को गोली से उड़ाना है। ठीक बारह बजे दिन में। ठीक उसी समय जब उन दोनों ने उसकी बुआ को घसीटा था...। पाँच साल होने को आए। वह जवान भी हो गया लेकिन अभी तक कुछ कर नहीं सका। जब-जब कोई ऐसी

घटना सुनाई पड़ती है, उसकी बेचैनी बढ़ जाती है और आज तो रजपतिया की माँ ने सीधे-सीधे...।

वह कभी थाने नहीं गया। उसका भी मानना है कि थाना पुलिस गरीबों, कमजोरों की मदद के लिए नहीं हैं। उल्टे उनकी विपत्ति बढ़ाने के निमित्त हैं। लेकिन भाई जी के सम्पर्क में आने के बाद वह मानने लगा है कि फिलहाल गाँव के जुल्मियों की नाक में नकेल डलवाने के लिए पुलिस के पास जाने के अलावा दूसरा कोई रास्ता नहीं है। जब तक अपनी ताकत इतनी न बढ़ जाए कि इन्हें सीधे-सीधे ललकारा जा सके। पुलिस कुछ न करेगी, गाँव भर के सामने इन्हें चार गाली तो देगी। हजार-पाँच सौ ऐंठेगी तो। उससे भी तो इन लोगों की अकड़ कुछ ढीली होगी।

"का रे लवंगी ! ई का होत बा ? तूं लोग हमारी खेतीबारी का सत्यानाश भी करोगी और पकड़े जाने पर कच्ची-पक्की तोहमत भी लगाओगी ?" सवेरे मट्ठे के लिए लोटा लेकर दरवाजे पर आ खड़ी हुई हलवाहिन को देखकर पंडिताइन जल-भुन गईं। लेकिन गुस्से को पीकर उसके टोले की ताजा हलचल की जानकारी के लिए बात चलाई।

लवंगी का असली मकसद सिर्फ मट्ठा लेना ही नहीं है। मट्ठा तो मिलना ही है। उसका असली मकसद 'चाह' के लिए पाव-आध पाव दूध झटकना है। इसके लिए टोले की दो चार नरम-गरम सुनाना ही होगा।

"हमें काहें कहती हैं मालकिन।" वह म्याऊँ-म्याऊँ करने लगी, "हम तो खुदै आपकी ओर से आधी रात तक लड़ते रहे। पूरा टोला एक तरफ और ई तोहार हलवाहिन एक तरफ।"

सचमुच लवंगी ने पूरे टोले के फैसले से बगावत करके धरमू की हलवाही थामा है। उसका आदमी, बग्गड़ भले दूसरे मामलों में बग्गड़ हो पर इस मामले में वह बिरादरी के फैसले के खिलाफ जाने

के लिए हरगिज तैयार नहीं था। पंडिताइन के लिए वह इज्जत की बात थी। आज के जमाने में 'हलवाह' रखना दरवाजे पर हाथी बाँधने से ज्यादा 'इज्जत' की बात हो गई है। इसलिए पंडिताइन ने सींग-पूँछ दबाकर पंडित का गुस्सा झेलकर लवंगी की शर्तों को स्वीकार किया। जगीरी में दो बीघे खेत, जिसका बिया-बिसार, सिंचाई मालिक के जिम्मे। जोताई और फावड़े कुदाल के काम की मजूरी छह किलो रोज। साल में जोड़ा धोती, कुरता बग्गड़ के लिए। जोड़ा साड़ी, ब्लाउज उसके लिए। तीज त्योहार पर पूरे घर के लिए पक्का खाना। गोबर-कंडा, खाद-पास, चारा-पानी और झाड़ू-बुहारू में हाथ न लगाएगी। यह सब नेपाली के जिम्मे। जमाने की रफ्तार को देखते हुए मानना पड़ा।

''तुझसे क्यों सारा टोला लड़ने लगा ?'' पंडिताइन ने असली खबर जाननी चाही।

''सब मनसूबा बना रहे थे कि पंचायत करनी चाहिए। जुरमाना वसूलना चाहिए। थाने में रपट लिखाना चाहिए। मैंने भी ललकार दिया कि पहले अपनी बिटिया का चाल-चलन सुधारो तब दूसरे पर थूकने चलो। बस इसी बात पर सब मुझ पर टूट पड़ीं।''

''अब खेत के मेंड़ डाँड से निकलना, पैठना बन्द कराना पड़ेगा। बहुत मन बढ़ गया है तुम लोगन का।''

''एक बात कहें मालकिन ? ऊ लड़की तो छिनार हबै हौ, मुला अपने चन्दर महाराज को तो समझना चाहिए।''

''का करे चन्दर महाराज रे ? आपन खेतीबारी न रखावे ? कि चोर चाई न पकड़ैं ?''

''अरे नाहीं मालकिन।'' लवंगी ने आवाज धीमी कर ली ताकि रसोई में काम करती कैलासी न सुन पाए—''का हमैं मालूम नहीं। अपने चन्दर महाराज साल भर से ओकरे पीछे घूमि रहे हैं। बाग-बगैचा, खेत-खेतारी, नदी-नारे पीछे-पीछे। सारे गाँव को मालूम है।... हम तो कहते हैं, अगर कोई बाभन अपनी बिटिया नहीं देता त कौनो बंगालिन काहें नाहीं मँगवा लेती कलकत्ता, बंगलादेश से।

तीन-चार हजार में मिल जाती हैं। कौनो जवान तड़तड़ देख के भिड़ा दीजिए तो छह महीने में चन्दर भैया की सारी गर्मी 'झाड़' के रख देगी।''

मचिया पर बैठी बाल खोले कंघी करती पंडिताइन चुप हो जाती हैं। यही तो कमजोर नस है उनकी। इधर के ब्राह्मणों में उनकी उपजाति एकदम नीचे के पायदान पर मानी जाती है। फिर भी क्या उन लोगों में शादी ब्याह नहीं होते। दरअसल ब्राह्मण, नाऊ, कुकुर खुद ही अपनी जाति के दुश्मन हैं। जब अपने ही सगे कुटुम्बी पट्टीदार जड़ काटने में लगे हों तो दूसरे का क्या दोष ? उन्होंने बेटी को आवाज दी—''जरा लवंगी को माठा दे दे बेटी।''

''तनिक दूध भी चाहिए मालकिन। दो दिन से उन्हें सर्दी-खाँसी सता रही है। इसीलिए ऊख काटने नहीं आ पाए आज।''

पंडिताइन ने आध पाव दूध देने के लिए भी आवाज लगाई। बाहर जाती लवंगी से संदेश भिजवाया पंडिताइन ने, ''पंडित जी को कहती जा कि चाह तैयार है आकर पी जाएँ।''

जाते-जाते अचानक पीछे मुड़कर फुसफुसाती है लवंगी—''जब तक इस बनरमुँही नैपलनिया को नहीं भगाइयेगा, पंडित जी को आँगन में बैठकर चाह पीने की याद नहीं आएगी, यह जान लीजिए। मैं आ रही थी तो देखा दालान के किनारे उसी से हँस-हँस कर बतकूचन कर रहे थे।''

नेपाली-नैपालिन को वह भगा पाती तो इस बखरी के अन्दर-बाहर उसका ही एकछत्र राज होता। पता नहीं वह दिन कब आएगा ? अपने रूप के साथ-साथ अपने नाम पर भी बड़ा गुमान है लवंगी को। लवंगलता। बंगाल में एक मिठाई का नाम होता है। उसका कोयलियारी कमानेवाला बाप रानीगंज से लाया था यह नाम उसके लिए। दस-बारह साल तक उसकी हैसियत इस गाँव में 'लवंगलता' जैसी ही रही है। अब दो साल से इस नैपालिन ने आकर...।

चाह पीते पंडित जी के कान में बात डाल देना जरूरी समझती

है मालकिन।

''लवंगी कहती थी, चमरवे सब थाना पुलिस की बात कर रहे थे।''

''करबे करेंगे। जब अपना ही सिक्का खोटा है।''

कहने को तो कह गए धरमू। पर उनका मानना है कि लड़के ने बहुत बुरा काम नहीं किया। थोड़ा-बहुत डराना-धमकाना न होता रहा तो इन लोगों के चलते फसल का एक दाना भी घर आना मुहाल हो जाएगा। इन ससुरों के मारे कोई चीज बच पाएगी ? कितना रखाएगा कोई ?

वे इस बात में कोई तुक नहीं देखते कि सारे लड़के पढ़-लिखकर नौकरियाँ करने गाँव से बाहर चले जाएँ। हर परिवार में कम से कम एक लड़के का नंगा निकलना बहुत जरूरी है। जिसके नाम से सारा गाँव थर-थर काँपता रहे। शूद्रों, चमारों का राज आ गया इसलिए पहले जैसा दवदबा तो अब क्या रहेगा लेकिन पैलगी अशीश तक बन्द कर दिया सालों ने। बिना कोई तवज्जो दिए मुँह उठाए सामने से चले जाते हैं। वे यह जरूर मानते हैं कि लड़की पर हाथ नहीं उठाना चाहिए था। यह इसकी मूर्खता है। पर अब डाँटने-डपटने से लड़के का मनोबल गिरेगा।

अपना दुख किससे कहने जाए मालकिन। जर्सी बछिया जैसी तन्दुरुस्त बेटी की गोद हरी नहीं हो रही है। बियाह के पाँच साल हो गए। बेटे का चाल-चलन ऐसा। खुद पंडित जी का ढर्रा ऐसा। सारा संताप उन्हीं के मत्थे मढ़ना था क्या भगवान को ?

''इसीलिए मैंने छोटू को पढ़ने के लिए ननिहाल भेजा है। ताकि उस पर आप दोनों की छाया न पड़े।''

''हमारी छाया ? हमारी छाया में क्या दोष है ?''

''क्यों नहीं है दोख ? एक दिन मैं उस बनरमुँही नैपालिन को नेपाल तक खदेड़ कर आऊँगी। तभी आपको इस घर के आँगन में चाह पीने की फुरसत मिलेगी।''

''अकिल से काम लो। बेवकूफी कर बैठी तो फिर बैठकर

पाथती रहना अपने हाथ से गोबर कंडा। झाड़ू-बुहारू और चारा-पानी करते कमर झुक जाएगी।

फिर अंगौछा झाड़कर चारपाई से उठते हुए प्रसंग बदल कर कहते हैं—"यह समझ लो कि गाँव में रहना है तो छोटू जैसे गऊ छाप बेटे के भरोसे नहीं रह पाओगी। सब कुछ बेचकर शहर भाग जाने का इरादा हो तो दूसरी बात है।"

भाई जी आ गए हैं। विक्रम और राजेश सुबह-सुबह ही उन्हें बुलाने चले गए थे। बूढ़ों-अधेड़ों का पीछे हटना टोले के युवकों को अच्छा नहीं लगा। भाई जी की सभी इज्जत करते हैं। वे जो कह देंगे उसे कोई काट नहीं पाएगा।

भाई जी की हँसी पहले जैसी ही है। मूँछों में थोड़ी सफेदी आ गई है। शरीर कुछ भर गया है और चेहरा पहले से कुछ चिकना हो गया है। धोती-कुर्ता और कन्धे का झोला पहले से ज्यादा बढ़िया। चप्पलों में पालिस। निडर और निःस्वार्थ संघर्ष करनेवाले जीव हैं भाई जी। आज से नहीं पिछले दस-बारह वर्षों से। जब टोले के लोगों ने 'बहुजन पार्टी' का नाम भी नहीं सुना था, भाई जी गाँव-गाँव घूमकर बिरादरी के लोगों को अन्याय और जुल्म के खिलाफ खड़े होने के लिए तैयार कर रहे थे। बाद में शुरू हुआ मजदूरी बढ़ानेवाला आन्दोलन, क्या उनके सहयोग के बिना सफल हो सकता था ? उन्होंने ही आस-पास के दर्जनों गाँवों को एकजुट किया था।

काफी सोचने-विचारने के बाद भाई जी फैसला सुनाते हैं—"पीठ दिखाना अच्छी बात नहीं। रिपोर्ट लिखाना होगा। संघर्ष करना होगा।" फिर कुछ रुककर कहते हैं, "और सिर्फ संघर्ष ही काफी नहीं। जीत भी पक्की होनी चाहिए। 'स्ट्रेटेजी' बनाना होगा। लिखाना होगा कि 'रेप' हुआ है।"

"लेकिन यह तो झूठ है।"

''झूठ नहीं, स्ट्रेटेजी। कलयुग में सिर्फ सच के भरोसे जीत नहीं हो सकती। वे तो हमेशा ही स्ट्रेटेजी के तौर पर झूठ बोलते और जीतते आए हैं। सिर्फ एक झूठ बोलकर कि वे ब्रह्मा के मुँह से पैदा हुए हैं और हम पैर से, वे हजार साल से हमसे अपना पैर पुजवाते आ रहे हैं। अब एक झूठ बोलने का हमारा दाँव आया है तो हमारे गले में क्यों अटक रहा है ?''

पियारे तर्क करता है—''गनपत बाबा कहते हैं कि झूठ के पैर पुआल के होते हैं। चार कदम चलकर 'घसघसा' कर बैठ जाना होगा।''

हो-हो करके हँसते हैं भाई जी—''गनपत बाबा सतजुगी आदमी हैं पियारे भाई। कलयुग में झूठ ही फलता है। फिर एक नजरिए से यह झूठ भी नहीं है। एक और बेटी भी तो थी आपके। उसका सत्यानाश भी तो इन्हीं नागों ने किया था। कुएँ में कूद गई। क्या कर पाए आप ? यह लड़ाई उसके साथ हुए अन्याय के खिलाफ भी है। इस तरह इसमें कुछ भी झूठ नहीं है। नहीं खड़े हुए तो क्या पता कल इसे भी कुएँ में कूदना पड़े।''

शुरू से धरम-करम में यकीन करता रहा है पियारे। बड़ी बेटी के साथ हुए अन्याय से भगवान की न्यायप्रियता के प्रति उसकी आस्था डगमगाई जरूर लेकिन बाद में भाई जी का साथ होने पर उनके लाख तर्कों के बावजूद भगवान के अस्तित्व को नकारने लायक अनास्था उसमें नहीं पैदा हो सकी।...झूठ बोलना तो भगवान को नाराज करना ही होगा।

''जितनी 'बदमाशी' हुई है क्या उतनी ही रिपोर्ट में लिखाना काफी नहीं है ?''

''एकदम नहीं। हम अगर 376 बटा 511 के भरोसे रह गए तो इनक्वारी अफसर उसे गिराकर 354 पर ला पटकेगा। 376 लगाए बिना सारी मेहनत बेकार जाएगी।''

भाई जी उँगली से पियारे की ठोढ़ी उठाते हैं, ''इधर देखिए। इतने पस्त हिम्मत तो तुम कभी नहीं थे। मजदूरी आन्दोलन में कन्धे

से कन्धा मिलाकर टक्कर दिया था।''

''मैं पस्त हिम्मत आज भी नहीं हूँ भाई जी। हर वक्त जान लेने या देने का सौदा करने को तैयार हूँ। बस अधरम से डरता हूँ। वह धरम की लड़ाई थी। पेट के लिए। उसमें किसी झूठ-फरेब की मिलावट नहीं थी।''

''वह वर्ग संघर्ष था। रोटी के लिए। यह वर्ण संघर्ष है। इज्जत के लिए। इज्जत की लड़ाई रोटी की लड़ाई से ज्यादा जरूरी है। इसीलिए इस लड़ाई के लिए सरकार ने हमें अलग से कानून दिया है। हरिजन एक्ट ! हम इस कानून से इस नाग को नाथेंगे।''

तय हुआ कि रिपोर्ट लिखाने ज्यादा से ज्यादा लोग चलें। इससे दबाव बनेगा।

भाई जी ने एक और दाँव सिखाया पियारे को। इसे वे 'घोड़ापछाड़' दाँव कहते हैं। गाँव में ठाकुर और ब्राह्मण ही प्रभावी हैं। दस घर ठाकुर और चार घर ब्राह्मण। साँझ को हर दरवाजे पर जाकर पूछिए कि आप लोगों का क्या हुकुम है ? इस गाँव में रहें कि निकल जाएँ ? कैसे रहें, जब बहन, बेटी की इज्जत बचाना मुश्किल है। थाना पुलिस करने में तो पूरे गाँव की बेइज्जती होगी।

धरमू से ठाकुरों को कम शिकायत थोड़े है। आज से नहीं पाँच साल से। धरमू ही गाँव के पहले आदमी थे जिन्होंने गाँव के फैसले के खिलाफ जाकर सबसे पहले बढ़ी हुई दर से मजदूरी देना शुरू किया था। तब ठाकुरों के अगुआ गामा सिंह खुद चलकर धरमू के दरवाजे आए थे समझाने कि गाँव से गद्दारी मत करिए। लेकिन ब्राह्मण लोग अपने जैसा अक्लमन्द किसी को समझें तब न। अब अगर आज उन्हीं चमारों से ठन रही है तो ठाकुर लोग आग में 'खर' भले न डालें, पानी क्यों डालेंगे ?

''जो ठीक समझो करो। हम बीच में न पड़ेंगे।''

अपने सगे छोटे भाई रामदत्त के खिलाफ धरमू बँटवारे का विवाद खड़ा किए हैं। किसी का कहा-सुना नहीं मानते। रामदत्त ने साफ कहा, ''हम अपनी दाढ़ी में लगी आग ही नहीं बुझा पा रहे

हैं। तो...तुम जानो तुम्हारा काम जाने।"

बाकी दो घर भी खुलकर किसी का पक्ष नहीं लेंगे।

सुनकर भाई जी कहते हैं—आधी लड़ाई फतेह।

लवंगी पहर रात गए जाकर मालकिन को खबर करती है—नेतवा आया है। अरे वही भाई जी। रपोट लिखाना पक्का है।

शाम को पियारे को छोड़कर सारा टोला रिपोर्ट लिखाने के पक्ष में था और अब साथ चलने के लिए खोजने पर किसी का पता ही नहीं। कोई दिहाड़ी करने शहर चला गया है तो कोई टोना परेत झराने ओझा के गाँव। राजेश को अभी ठीक से मूँछ भी नहीं निकलीं फिर भी वह सबसे पहले तैयार हुआ। पर उसकी दादी गारी-सराप देने लगी—एक नाती था, ठाकुरों से हाड़ तोड़वा कर जाने कहाँ बिला गया। दूसरा यह है तो इसे सब पुलिस से तोड़वाने थाने ले जा रहे हैं। बाकी सारा टोला क्या मशान चला गया है ?

रोकना तो चाहती थी मिस्त्री बहू भी अपने बेटे को लेकिन विक्रम अब माँ-बाप के कहे सुने में कहाँ रह गया है। यही तो होता है ज्यादा पढ़ा-लिखा देने से। खर्चा भी करो लड़के से हाथ भी धोओ।

दाढ़ी बनाने का सामान भाई जी हमेशा अपने झोले में ही रखते हैं। दाढ़ी बनाकर वे फिटकरी का टुकड़ा रगड़ते हैं फिर धोती खोलकर झोले से प्रेस किया कुरता-पैजामा निकाल कर पहनते हैं।

जुलूस बनाकर, थाना घेरवा लेने के हौसले के साथ सोचा हुआ 'हाहाहूत प्रस्थान' जैसा कुछ नहीं हो पाया। इससे भाई जी का मन थोड़ा बुझ गया। भीड़ का साथ होने से अन्दर जो ताकत पैदा होती है, वह किसी और तरीके से सम्भव नहीं।

थाना बस्ती से काफी दूर, पक्की सड़क से हटकर है। पुराने जमाने की, शायद नवाबों के जमाने की, कंकड़ की लगभग एक कि.मी. लम्बी टूटी-फूटी सड़क इसे पक्की सड़क से जोड़ती है।

इसके दोनों तरफ सरपत के ऊँचे झाड़ हैं।

भाई जी, पियारे और विक्रम तीनों लोग दो साइकिलों पर इस

सड़क पर चले जा रहे हैं। अभी दोपहर नहीं हुई लेकिन सड़क पर सन्नाटा पसरा है।

पहले कभी बाउंड्रीवाल भी रही होगी लेकिन अब केवल उसके अवशेष कहीं-कहीं दिख रहे हैं। ऐसे ही एक अवशेष की आड़ लेकर पसरी एक कुतिया दीन-दुनिया से बेखबर आँखें मूँदे अपने पाँच-छह नवजात पिल्लों को दूध पिला रही है। गेट की जगह पर उसके दोनों छूहे ही सलामत हैं। जिन्हें पोतपात कर स्वागतम् और 'दलाल प्रवेश वर्जित' लिखने भर की जगह निकाली गई है। पहरे पर खड़ा सिपाही दोनों टाँगों के बीच बन्दूक फँसाकर हथेली पर सुर्ती मल रहा है। लघुशंका के लिए उतर जाने के कारण भाई जी थोड़ा पिछड़ गए हैं। पियारे पहरे को 'दीवान जी नमस्ते' कहता है।

वह 'क्या है' की मुद्रा में भौहों को ऊपर चढ़ाता है।

''रपोट लिखाना है।''

''साइकिलें उधर खड़ी कर दो।''

तब तक भाई जी आ जाते हैं।

''रुको। नाम पता बताओ।''

थाने के लिए रवानगी के साथ ही भाई जी अपने को अन्दर से मजबूत करने में लगे हैं। ज्यों-ज्यों अन्दर डर बढ़ रहा है त्यों-त्यों बाहर से बोल्ड दिखने की कोशिश कर रहे हैं। वे अत्यंत तुच्छ भाव से पहरे को घूरते हैं—''तुम्हीं इंचार्ज लगे हो क्या ?''

पहरा नीचे से ऊपर तक भाई जी का मुआयना करते, मूँछ की नोक ऊपर उठाते हुए कहता है, ''बताना पड़ेगा। न टोको तो पता नहीं कैसे-कैसे लोग मुँह उठाए अन्दर तक घुसते चले जाते हैं। इतना आतंकवाद फैला है चारों तरफ। कुछ हो-हवा जाए तो कौन जिम्मेदार होगा ?''

विक्रम नाम, पता और आने का कारण बताकर उसे शांत करता है।

तीनों अन्दर जाने लगते हैं तो वह आँख के इशारे से अन्दर जाने की इजाजत दे देता है। यों अन्दर-बाहर कहना बेमानी है।

सिर्फ एक छतनार नीम का पेड़ है जो लोना छोड़ती पीली भुतही इमारतों को अपने आगोश में लिये खड़ा है। इसी के नीचे पड़ी चौकी पर बैठा मुंशी कुछ लिख रहा है। पुराने जमाने की डेस्क और उसमें फिट दवात यहाँ पूरी तरह वर्किंग कंडीशन में मौजूद है। लम्बी निबवाली कलम भी।

वह नमस्कार का जवाब नहीं देता। लिखते-लिखते ही कहता है—बोलो।

पास रखे वायरलेस सेट की खर्र-खर्र और साँय-साँय के चलते आवाज ऊँची करके बोलना पड़ रहा है। भाई जी विस्तार से सारा मामला बताते हैं। मुंशी बीच में हाँ हूँ कर देता है।

भाई जी के चुप होने के बाद भी बड़ी देर तक चुप्पी रहती है। फिर अचानक सिर उठाकर मुंशी कहता है, "लिख के लाए हो ?"

"अरे !" भाई जी को अपनी चूक का एहसास होता है।

"एक कागज मिल जाएगा मुंशी जी ?" भाई जी पूछते हैं।

मुंशी भाई जी की आँखों में आँख डालकर कहता है, "यह बनिया की दुकान नहीं, थाना है।" फिर पूछता है, "क्या करते हो ?"

"आसपास कोई दुकान जहाँ कागज मिल जाए ?" बिना उसके प्रश्न का उत्तर दिए भाई जी पूछते हैं। मुंशी फिर लिखने लगता है।

तभी सामने बने सींखचों के पीछे से रिरियाहट सुनाई पड़ती है—"हे मुंशी जी। टट्टी लगी है।"

तीनों लोग उधर देखते हैं। कोई हवालात में बन्द है। इधर झाँकते हुए वे बाहर आते हैं। विक्रम पहरे से पूछता है, "कागज कहाँ मिलेगा दीवान जी ?"

सिपाही पक्की सड़क की ओर उँगली उठाते हुए कहता है—"वहाँ पता कर लो। चाय की दुकान पर।"

साइकिल लेकर वे चलते हैं तो सिपाही रोकता है—"दस रुपये

निकालो।"

"क्यों ?"

"साइकिल के। 'फिरी' में थोड़े रखी जाती है।"

"यहाँ कौन-सा स्टैण्ड है ?" भाई जी कहते हैं।

"लगता है, लगता है। निकालो।"

"अभी लौट रहे हैं दीवान जी। कागज लेने जा रहे हैं।" पियारे कहता है। सिपाही थोड़ी देर तक दोनों को जाते हुए घूरता है फिर चिल्लाकर कहता है—"अच्छा वहाँ से पाँच ठो चाय भेजवा देना।"

चट्टी की एकमात्र दुकान में आठ आने में एक पन्ना कागज मिल गया। उन्हें तसल्ली हुई। यहीं फुरसत से लिख भी लिया जाए—यह सोचकर तीनों लोग बैठ गए।

"दरखास की कापी नहीं रखना अपने पास क्या ?" दुकानदार ने सुझाया—"तुम्हारे पास क्या रहेगा ?"

"हाँ...हाँ...।" भाई जी ने स्वीकृति में सिर हिलाया।

दुकानदार ने एक पन्ने कागज के साथ एक नया कार्बन पेपर भी दिया। फिर तीनों को एक विशेष अंदाज में बाएँ कोने पर बीच से फाड़कर बिना पिन के ही सेट कर दिया, "लीजिए।" फिर पूछा—"चाय चढ़ाऊँ ?"

"हाँ" पियारे ने कहा। तभी उसे याद आया। उसने जोड़ा—"थाने के सिपाही ने भी पाँच चाय भेजने के लिए कहा है।"

दुकानदार ने पानी चढ़ा दिया और भट्ठी में डाली हुई गीली लकड़ी में पंखी से हवा करने लगा।

बिस्कुट, नमकीन, और बीड़ी-माचिस के कुल पन्द्रह बीस पैकेटों वाली वह दुकान धुआँ उठने से भरी-भरी-सी लगने लगी।

विक्रम और भाई जी दरखास्त लिखने में लग गए। थाने की राह-रीति समझने के लिए पियारे बातचीत करने लगा—"थानेदार तो कोई नए आए हैं सेठ जी।"

"नए कह कर खुश होते हो तो कौन मना करता है। वैसे सभी नए आते हैं और नए के नए चले जाते हैं। पुराना कौन होने पाता

है। दो महीना पहले आए हैं। बहुत चलेंगे दो महीना और चलेंगे।''

''कौन बिरादर हैं ?''

उत्तर देने के बजाय दुकानदार ने चाय छानकर कप पकड़ा दिया। चाय पीते-पीते तय हुआ कि दूसरी दरखास्त लिखनी पड़ेगी। बहुत 'कटिंग' हो गई है।

फिर दो पन्ना खरीदा गया।

दस रुपये देखकर दुकानदार ने मुँह बनाया–''और निकालो। आठ चाय के सोलह, चार पन्ने कागज के दो और कार्बन का दो। कुल बीस हुए।''

''आठ चाय ?''

''तीन यहाँ की और पाँच थानेवाली।''

''थानेवाली ? ऊ हम काहे देंगे ?''

''सब देते हैं। जो आडर लाता है वही देता है।''

पियारे दुकानदार के पास खिसक आया। फुसफुसा कर बोला, ''बाकी बाद में आकर दे दूँगा। अब सौ रुपये हैं मेरे पास, रिपोट लिखाने के लिए।''

''कौन गाँव के हो ?'' पियारे ने भाई जी की ओर देखा। वे लोग फिर से दरखास्त लिखने में जुटे हुए थे। पियारे ने गाँव का नाम बताया।

''अरे बाप रे। ऊ सारा गाँव ही उधारी खाता है क्या भाई ?'' सेठ इतने जोर से बोला कि सामने सोया कुत्ता भी चौंककर उठ बैठा–''सबेरे ऊ पंडित जी आए थे। बीस रुपया उधार कर गए। अब वहीं से आप लोग आ गए।''

''कौन पंडित जी ?'' भाई जी चौंके।

''वही लम्बा टीका लगानेवाले उपधिया जी। क्या नाम है धरमदास कि धरमदत्त।''

''वे आज सबेरे आए थे ?''

''हाँ भाई। अभी दस बजे तो गए हैं, सबको नास्ता-पानी कराकर।''

''बीस रुपये का नास्ता ?''

''बीस नहीं, एक सौ बीस का। बीस तो उधार कर गए। तभी हम समझ गए कि आज सारा दिन उधार बाँटने में जाएगा। तीनों में जिसके पास हो, हमें दे दो। फिर गाँव में हिसाब बराबर करते रहना।''

तीनों लोग सोच में पड़ गए—धरमू पहले पहुँच गया।

''सोचते क्या हो जी ? दस रुपया निकालना पहाड़ है तो थाने क्या घंटा हिलाने जा रहे हो ?''

भाई जी ने आँख तरेरकर उसे देखा और दस रुपया निकाल कर उसकी तरफ बढ़ा दिया।

पियारे जेब से चुनौटी निकालकर हथेली पर खैनी मलने लगा। दरखास्त पूरी होने के बाद उसने भाई जी की ओर खैनी बढ़ाई। फिर वे साइकिल उठाकर चल पड़े।

''जरा रुकिए।'' दुकानदार ने चाय की छोटी केतली लपककर विक्रम की साइकिल के कैरियर में दबा दिया। फिर मिट्टी के कुच्चड़ पियारे के कुरते की जेब में डालते हुए सचेत किया—''कोई आने लगे तो केतली फौरन भेजवा देना।''

जब पैसा लगा है तो पिलाने का 'जस' भी ले लिया जाए, यह सोचकर पियारे ने अपने हाथ से पहले मुंशी जी को फिर पहरे के सिपाही को चाय दिया। फिर पूछा, ''बाकी किसे ?''

सिपाही ने केतली और कुच्चड़ पियारे के हाथ से ले लिया और सामने बने क्वार्टरों की भूल-भुलैया में गायब हो गया।

भाई जी ने दरखास्त मुंशी के हाथ में थमाया। उसने सस्वर पढ़ा, फिर वापस करते हुए बोला, ''बड़े दरोगा आ जाएँ तो उन्हें दिखाना। बाहर बैठ लो।''

तीनों लोग गेट के पास बने चबूतरे पर बैठकर इन्तजार करने लगे। तभी हवालात के अन्दर से फिर रिरियाने की आवाज आई—''हे मुंशी जी, खोल दीजिए। बहुत जोर से लगी है।''

मुंशी ने उधर ताका तक नहीं।

''हे मुंशी जी। इस बार नहीं रुक रही है।''

मुंशी गरजा, ''अभी कल शाम को ही तो खोला था रे। छह बजे की इंट्री है। खाला का घर समझ रखा है कि जब चाहेगा टट्टी करने लगेगा।''

''रहा नहीं जाता। पेट में मरोड़ उठ रहा है।''

''क्या खिला गई रे तेरी घरवाली ? इतना हगास लगानेवाला, खाना क्यों खिला गई ? आने दे आज तो पूछता हूँ साली से।''

तीनों लोगों से सुना नहीं जाता। लेकिन कुछ बोलकर मुंशी को नाराज करना भी ठीक नहीं। इसलिए धीरे-धीरे टहलते हुए वे पीछे की ओर दूर तक चले जाते हैं, तभी कंकड़ की सड़क पर धूल उड़ाती एक जीप आती दिखती है। तीनों लोग उत्साहित होकर लौट पड़ते हैं—आ गए शायद बड़े दरोगा।

जीप तो एक किनारे खड़ी है पर बड़े दरोगा का पता नहीं। अन्दर गए हों तो शायद अभी निकलें। वे फिर इन्तजार करने लगते हैं। बुरी तरह ऊब लग रही है। भाई जी बार-बार अपने गुस्से को दबा रहे हैं। गुस्सा दिखाने से अपना ही नुकसान होगा, यह सोचकर मन को समझाते जा रहे हैं।

तब तक एक युवा स्त्री अंगौछे में बँधी खाने की थाली हाथ में लटकाये आती है। मुंशी नाई से बाल कटवा रहा है। औरत चिरौरी करती है, ''खोलवा दें मुंशी जी। खनवा खाइ लें।''

मुंशी नाई का हाथ रोकते हुए डाँटता है, ''एक बार सुन ले। जब तक बड़े दारोगा का हुक्म न होगा खाना नहीं खिला सकती।''

टट्टी करने की जिद उसका आदमी छोड़ चुका है। वह चिरौरी करता है, ''अच्छा एक ठो बिड़िया त दिला दीजिए मुंशी जी। सबेरे से एक भी बीड़ी नहीं मिली।''

औरत मरी चाल से जंगले की ओर जाने लगती है। मुंशी डाँटता है, ''खबरदार ! इधर ला बंडल।''

औरत लौटकर मुंशी से कुछ कहती है। मुंशी सिर हिलाता है फिर कहता है, ''अच्छा एक बीड़ी दे दे। माचिस अन्दर मत देना।

बाकी बंडल सामने चौकी पर रख दे।''

औरत जंगले के पास जाकर अपने आदमी को बीड़ी पकड़ाती है, फिर माचिस जलाकर उसे देती है। बीड़ी पीते आदमी के पास खड़ी होकर वह कुछ बातचीत करने लगती है।

चम्पी का आनंद लेता मुंशी पलकों को तनिक उठाकर गुर्राता है, ''हे ! मोहब्बत के लिए, चूमाचाटी के लिए नहीं 'एलाऊ'। चल वापस। कि तुझे भी अन्दर करें ?''

वह लौटकर कुछ दूर रखी खाने की थाली के पास बैठ जाती है। बीड़ी पीने के बाद हवालाती को फिर हाजत महसूस होती है, वह रिरियाता है, ''हे मुंशीजी। तोहार कसम अब एकदम नहीं रुक सकती। धोती खराब हो जाएगी।''

औरत बेबस बैठी टुकुर-टुकुर ताक रही है। कभी मुंशी को, कभी अपने आदमी को। कभी उन तीनों को।...कि अचानक हवा खुलने की और फिर पड़-पड़ की आवाज आती है। लगता है सारे वातावरण में बदबू फैल गई है।

''धत साला, मादर...'' मुंशी चिल्लाता है, ''हग दिया साले धोती में ? हगने से छुट्टी मिलेगी ? खड़े रहो साले उसी तरह सबेरे तक।'' तीनों लोगों का मन रंज से भर जाता है। गजब की ज्यादती है। भाई जी उठकर खड़े हो जाते हैं।

तभी वह औरत उठती है और खाने की थाली में बँधे अंगौछे को खोलकर जंगले की तरफ बढ़ती है। मुंशी डाँटता है, ''खबरदार जो आगे बढ़ी।''

''अरे कपड़ा तो बदलवा दें साहेब। खराब हुई धोती तो धो दें, फिर कौन धोएगा ?''

''कोई जरूरत नहीं धोने की। पूजा पर बैठना है क्या ?''

''जात्यो।'' औरत दृढ़ कदमों से आगे बढ़ते हुए बड़बड़ाती है, ''मार-मार के खलरी उधेड़ दिए हैं। न खाना, न पैखाना। धमकी देते हैं कि डकैती में फँसा देंगे। फँसा दोगे तो फँसा दो। चाहे फाँसी पर चढ़ा दो। खस्सी बेच के आठ सौ मिला है। तीन हजार कहाँ

से लाएँ ?''

उसके तेवर देखकर मुंशी फिर कुछ नहीं बोलता। वह जंगले के बीच से अंगौछा पकड़ाती है। साथ लाए गिलास में 'धोने' के लिए पानी देती है। उतारी गई धोती बाहर खींचती है और धोने के लिए बाहर गड़ही की तरफ जाते हुए भाई जी को साखी देते हुए कहती है, ''चार दिन से बैकल बौरही की नाईं दौड़ि रहे हैं। गरीब आदमी की कोई सुनवाई नहीं। कोई साथ देनेवाला नहीं। तीन छोटे बच्चे हैं। उन्हें कोई दाना पानी देने वाला नहीं। नहीं छोड़ना तो जेहल भेजो। ई का कि कुकुर-बिलार की नाईं बन्द करके कोंच रहे हो। भगवानौ इनहीं लोगन की तरह आन्हर-बहिर होइ गए हैं।''

औरत की दिलेरी देखकर भाई जी को अपने ऊपर शर्म आने लगी है। खासकर पियारे और विक्रम की मौजूदगी में। दो टूक बात करने का खतरा मोल लेना ही होगा। वे धीरे-धीरे चलकर मुंशी जी के पास जाते हैं। गड़ही की ओर जाती औरत रुक जाती है।

''क्या खबर है बड़े दारोगा जी की, मुंशी जी ? इस जीप से कौन लौटा है ?''

इस बीच मुंशी मुँह में पान दबा चुका है। वह हाथ के इशारे से धीरज रखने को कहता है।

''कब से निकले हैं ? कहाँ की रवानगी दिखाकर निकले हैं ?''

मुंशी ने जैसे सुना ही नहीं। वह आसमान की ओर, नीम की डालों की ओर कुछ देखता रहा।

''कहीं तीरथ-व्रत करने तो नहीं निकल गए कि लौटते-लौटते महीना निकल जाए। मुझे तो इस थाने का नियम कायदा कुछ 'अजीबै' लग रहा है। पहले भी हमने 'रपोर्टें' लिखाई हैं। 'होल इंडिया' में रिपोर्ट मुंशी लिखता है। बड़े दारोगा-छोटे दारोगा का इससे क्या लेना-देना ? इसी थाने पर देख रहा हूँ कि हवालाती को टट्टी पेशाब तक जाने की छूट नहीं है। किस जुर्म में ऐसी सजा दी जाती है भाई। 'ह्यूमन राइट' का तो यहाँ पता ही नहीं होगा कि

किस चिड़िया का नाम है ?''

अब मुंशी को पान की पीक थूकनी पड़ती है। थूकने के बाद उसका मुँह आश्चर्य से खुला रह जाता है। थाने के अन्दर ऐसी बात। दोपहर से 'सुखवन' की तरह सुखाया जा रहा है तब भी ऐसी खनकती आवाज ?

वह डपटता है, ''ज्यादा भचर-भचर मत करो। अपने काम से काम रखो। नहीं तो यहाँ बड़े-बड़ों की लीद निकाल दी जाती है। मुश्क बाँधकर बड़ेर से टाँग देंगे तो परानदास नीचे से निकल जाएँगे पट्ट से।''

पियारे भाई जी का कन्धा दबाता है, ''चुप रहिए।''

''चुप कैसे रहेंगे ? दोपहर से शाम हो गई और कोई सुनवाई नहीं। तमाशा बना रखा है।''

''ए औरत। भाग यहाँ से।'' मुंशी अपना गुस्सा उस पर उतारता है, ''यह नया भतार कहाँ से पकड़ लाई ?''

वह लपककर थाली में बूट की ठोकर मारता है। थाली ढ़नढ़नाती हुई दूर जा पड़ती है। दाल-भात चारों तरफ छितरा जाता है। औरत रोने लगती है। रोते-रोते थाली उठाती है, गिलास उठाती है और धीरे-धीरे बाहर जाने लगती है। अचानक गेट के पास पहुँचकर मुड़ती है और मुंशी दारोगा से लेकर भगवान तक को गरियाने-सरापने और ललकारने लगती है।

''भागती है साली कि बाँस कराये बिना नहीं मानेगी ?'' मुंशी नाई का हाथ रोककर दहाड़ता है।

''हमलोग जा रहे हैं।'' भाई जी बाहर निकलते हुए कहते हैं, ''अब सीधे एस.पी. साहेब से मिलेंगे। विधायक जी को साथ लेकर।''

''गवर्नर साहब को क्यों छोड़ रहा है ? उनसे भी मिलते आना। कुरता-पैजामा पहन लेने के बाद सब साले अपने को मिनिस्टरै समझने लगते हैं।'' मुंशी गर्दन टेढ़ी करके जबान ऐंठ कर गरजता है।

सुनकर भाई जी की देह से आँच जैसी निकलती है। मुंशी की ओर तर्जनी तानते हुए चीखते हैं, ''दस हजार की भीड़ लेकर सबेरे थाने को नहीं घेरा तो अपना 'तूफानी' नाम बदल दूँगा।'' फिर पियारे और विक्रम की ओर संकेत करते हुए भर्रायी आवाज में कहते हैं, ''चलो सब लोग।'' और तेज-तेज कदमों से थाने के गेट की ओर बढ़ जाते हैं।

गेट के पास पहुँचते-पहुँचते पियारे का कॉलर पीछे से पकड़ता है थाने का चौकीदार—''रुक ! मुंशी जी बुला रहे हैं।''

पियारे रुक जाता है। विक्रम भी रुकता है। मुंशी चलकर वहाँ तक आ गया है। पियारे के हाथ से दरखास लेते हुए कहता है—''इधर ला। क्या लिख कर लाया है।'' फिर विक्रम से कहता है—''उस गवर्नर को भी बुला। सीधे नहीं लौटा तो इसी हाजत में दस दिन तक पदाऊँगा। कट्टा-गाँजा सब मौजूद है।''

आधी पगडंडी तक जाकर विक्रम की आवाज पर पीछे मुड़कर देखते हैं भाई जी। वे गुस्से से काँप रहे हैं। विक्रम की बात अनसुनी कर देते हैं—नहीं लौटना। कल लौटेंगे, दल-बल के साथ।

—लेकिन पियारे काका को पकड़कर मुंशी और चौकीदार अन्दर ले गए हैं।

—अन्दर ? चौंकते हैं भाई जी—अन्दर माने कहाँ ? हाजत में ?

—नहीं, और अन्दर।

सुनकर वे दुविधा में लौटते हैं। डर लग रहा है। ललकारने के बाद उसी की माँद में वापस लौटना। स्ट्रेटेजी के हिसाब से अब अकेले लौटना 'रिस्की' है।

पियारे को बरामदे में खड़ा करके मुंशी दरखास लेकर थाने के अंदरुनी भाग में चला गया है। भाई जी और विक्रम पियारे के पास आकर खड़े हो जाते हैं।

थाने के अंदरुनी भाग से दो सिपाही कन्धे पर बन्दूक टाँगे निकलते हैं और साइकिल पर बैठकर गश्त के लिए निकल जाते हैं।

मुंशी आधे घंटे में लौटता है और कहता है, "चलो इधर आओ।" फिर रुक कर कहता है, "सब नहीं। वहाँ क्या पंजीरी बँट रही है। लड़की का बाप कौन है ?

"मैं हूँ।" पियारे आगे आता है।

"आओ।"

"ऐसा है भाई जी भी चलेंगे। हम हाकिम-हुक्काम से ठीक से बोल-बतिया नहीं पाते।" मुंशी भाई जी को घूरता हुआ ले जाता है।

अँधेरा घिर आया है। एक भीमकाय व्यक्ति दो चौकियों को जोड़कर बनाए गए बैठके पर मसनद की टेक लेकर अधलेटा है। शरीर पर केवल लुंगी और बनियान।

यह कब आया ? किधर से ? या सारे दिन यहीं था ? भाई जी सोचते हैं। कमरे में एक तरफ खूँटी पर कारतूस की पेटी के साथ रिवाल्वर टँगा है। दूसरी तरफ पर्वतधारी हनुमान जी के चित्र वाला कलैण्डर। स्टूल पर रखे लैम्प के चारों तरफ एक गोबड़ौरा रह-रहकर चक्कर लगाता है और पट्-पट् गिरता है। बैठने के लिए कुछ भी नहीं है।

थानेदार भाई जी को ध्यान से देखता है फिर पूछता है, "लौंडिया किसकी है ? तेरी ?"

"नहीं, इनकी ?"

"तेरी क्या लगती है ?"

"मैं सामाजिक कार्यकर्ता हूँ। रिपोर्ट लिखाने के लिए साथ आया हूँ। देहाती आदमी की अकेले थाने में आने की हिम्मत नहीं पड़ती।"

"तो तू बड़ा हिम्मती है ? शहराती है ?"

"ढंग से सारी बात बताने के लिए...।"

"तो क्या यह गूँगा है ?"

सन्नाटा। भाई जी सीधे थानेदार की आँखों में ताकने लगे हैं। पियारे को लगता है कि अब फिर कुछ 'गड़बड़' होकर रहेगा। धरमू का सुबह-सुबह आना पूरा असर दिखा रहा है।

“जब लौंडिया पटकी गई तो तू मौजूद था ?”

“नहीं।”

“यह मौजूद था ?”

“नहीं।”

“तब तू क्या बताएगा और यह गूँगा क्या बताएगा ? बताएगी तो वह लौंडिया। वह कहाँ है ?”

“वह तो हुजूर...” पियारे हकलाने लगा है, “हुकुम हो तो कल लेकर आ सकते हैं।”

थानेदार थोड़ी देर तक दोनों को बारी-बारी ताकता है। भाई जी के नथुने फूल-पिचक रहे हैं। उन्हीं के लोगों के सामने उनकी इतनी बेइज्जती।

थानेदार पियारे से कहता है, “तुम तनहाई में सारी घटना. जब जैसे हुई, बताओ।”

मुंशी भाई जी की पीठ में टहोका मारता है, “आप बाहर चलिए।”

भाई जी बाहर चले जाते हैं।

“हाँ अब बोल। सच-सच बोल। कैसे क्या हुआ। झूठ एक रत्ती न बोलना, समझ ले।”

“हजूर मेरी बेटी को अकेले पाकर खेत में घेर लिया। कपड़े फाड़ दिए, धक्का देकर गिरा दिया। एकदम बेज्जत कर दिया।”

“एकदम बेज्जत माने ? बलात्कार तो नहीं न किया ?”

“हजूर कर ही दिया समझिए। अगर लोग न पहुँच जाते...।”

“लेकिन दरखास्त में तो बलात्कार लिखा है पूरा-पूरा। झूठी रिपोर्ट लिखाने की सजा मालूम है ? किसने लिखी दरखास्त ?”

“भाई जी ने हुजूर।”

यह भाई तुझे बरबाद कर देगा। बलात्कार लिखाने का मतलब मालूम है ? अभी इसी वक्त लड़की को लेकर मुझे डाक्टरी मुआयने के लिए जाना होगा। तीन-तीन डाक्टर, मर्द डाक्टर लड़की की चेकिंग करेंगे। अन्दर मशीन डालकर टेस्ट करेंगे कि बलात्कार हुआ

कि नहीं ? आधा हुआ कि पूरा हुआ। अपने ही हाथों अपनी बेटी की दुर्दशा कराने को क्यों तुला है इस चिरकुट के चक्कर में पड़कर। इसमें किसकी बेइज्जती है ? तेरी सगी बेटी है कि सौतेली रे ? तू मुकदमा कर देगा तो क्या होगा ? वह जमानत करा लेगा और अकेली पाकर फिर पटकेगा तो ? वारदात परसों की है और तू आज रिपोर्ट लिखाने आया है—अड़तालीस घंटे बाद। कल आकर जबानी बता जाता तो मैंने अब तक उस बाभन के लौण्डे को इसी नीम के पेड़ में उल्टा लटकाकर बाँस न कर दिया होता ? मूंड मुड़ाकर गधे पर बैठाकर गाँव में न घुमवा देता ? तू मुकदमा लड़कर उससे पार पा जाएगा ? कै साल लड़ेगा मुकदमा ? कितनी रकम इकट्ठा की है बोल ?''

साँस लेने के लिए पल भर रुका थानेदार, फिर पूछा, ''सोचकर बता। मुकदमेबाजी करनी है या उस बाभन के मुँह में लौंडिया के हाथ से कालिख पोतवानी है ?''

''हुजूर घर में सलाह कर लें। भाई जी से भी बातचीत कर लें।''

''भाई जी-बहनोई जी से मराना है तो जाकर मरा। फिर मत कहना कि थाने पर सुनवाई नहीं हुई। मेरे हल्के में कोई साला बदफैली करके कैसे रह सकता है। मार-मारकर भूसा नहीं भर देंगे ? जा। जो भी तय करना, एक-दो दिन में आकर बता जाना।''

पियारे भारी कदमों से बाहर निकल आया। बुझा हुआ, पस्त, परास्त।

तीनों लोग साइकिल लेकर पैदल ही चल पड़े।

पीछे से आवाज आ रही थी—''मुंशी जी पियास लगी है। मुंशी जी... ।''

थोड़ा आगे आने के बाद पियारे अन्दर हुई बातचीत बताने लगा।

चलते-चलते तीनों लोग चट्टी तक पहुँच गए। दुकान बन्द हो चुकी थी।

दुकान के सामने साइकिल खड़ी करके पियारे ने जेब से बीड़ी

का बंडल निकाला। दो बीड़ियाँ सुलगाकर एक भाई जी की ओर बढ़ा दिया।

बीड़ी का कस खींचते हुए भाई जी बोले, "रपट तो इनके बाप को भी लिखनी पड़ेगी। पंडित सबेरे-सबेरे पूजा कर गया है इसलिए ऊपर से डंडा कराना पड़ेगा।"

पियारे ने निराश स्वर में कहा, "बड़ा बखेड़ा होगा।"

"कोई बखेड़ा नहीं। हड़कवाना पड़ेगा बस। आखिर उतना हड़काया तभी तो मुंशी दरखास्त लेकर अन्दर गया। साले ने दिन भर बाहर बैठाए रखा। हिम्मत करना होगा। डरने से थोड़े काम चलेगा।"

बाजार में आकर भाई जी बोले, "मैं यहीं से बस पकड़कर घर चलता हूँ। सबेरे दोनों लोग आइए। विधायक जी को लेकर एस.पी. साहब से मिलना पड़ेगा।"

थाने से लौटते हुए विक्रम का मन खट्टा हो गया है। दलपत बाबा ठीक कहते थे। थाना-पुलिस में जाना अपना ही खून पीने जैसा है। आज दिन भर खून का घूँट ही तो पीते रहे तीनों लोग। दूसरे को गाली-गुप्ता दिलाने के पहले खुद गाली-गुप्ता झेलिए।

ऐसे थाने जाने से तो अच्छा है फरियादी कुँए में कूद जाए। भाई जी को बस में बैठाने के बाद वह रास्ते भर पियारे से एक शब्द नहीं बोला। चुपचाप सिर झुकाए साइकिल चलाता रहा। भाई जी का रवैया भी उसे पसन्द नहीं आया। अपना मुकदमा मजबूत करने के लिए तो झूठ-फरेब का सहारा लेने से भी परहेज नहीं लेकिन हवालात में बन्द उस दुखियारे का दुख नजरअन्दाज कर गए। उसके नजदीक तक नहीं गए। भाई जी की अगुआई में आया था इसलिए वह खुद को जब्त किए रहा, वरना उस आदमी को छुड़ाए बिना वापस न लौटता। चाहे खुद सींखचों के अन्दर कर दिया जाता।

धीरे-धीरे उसे अपने ऊपर भी गुस्सा आ रहा है। जब भी अखबारों में वह इस तरह के जोर-जुल्म की घटना पढ़ता है, अखबार की कटिंग काटकर रख लेता है। फिर उसे कई-कई बार पढ़ता है

और जो नहीं छपा, छिपा दिया गया है उसकी तह तक पहुँचने का प्रयास करता है। लेकिन आज साक्षात घटना देखकर भी वह चुप रह गया। धिक्कार है विक्रम ! तुझे धिक्कार है। वह अपने आपसे कहता है—भाई जी की आड़ लेना मुँह छिपाना है। तू डर के मारे चुप रह गया। साइकिल चलाते-चलाते विक्रम सिर उठाता है। कौन है जो उसे धिक्कार रहा है। पियारे की साइकिल की चूँ-चूँ के अलावा दूसरी कोई आवाज नहीं।

गनेशी बाबा का बताया हुआ रास्ता ही एकमात्र रास्ता है। खुद को इतना मजबूत करिए कि घुस जाइए दस आदमी और अन्यायी को बाँध लाइए। सिर्फ अखबारी कटिंग की फाइल मोटी करने से क्या फायदा। लेकिन क्या सचमुच ऐसा दिन आएगा ? कब आएगा ? उसने अखबार में पढ़ा है कि पलामू या रोहतास जिले में ऐसे संगठन बन गए हैं जो इलाके के सरहंग अन्यायियों को सजा देने के लिए खुद जन-अदालतें लगाते हैं। मौके पर ही अन्यायी को सजा देते है। ऐसे संगठन उसके इलाके में क्यों नहीं हैं ? वह ऐसे संगठन के लोगों से मिलना चाहता है।

पियारे के चेहरे की थकान देखकर रजपत्ती की माँ कुछ पूछते-पूछते रुक जाती है। अंततः नहीं रहा जाता और थाली में रोटी डालते हुए पूछ ही लेती है, "इज्जत लेनेवाली बात भी लिखा दिया है ?"

पियारे स्वीकार में सिर हिलाता है—"इसी बात पर तो दारोगा बिगड़ा हुआ था।"

"इसी बात को बिरादरी की पंचायत भी पकड़ सकती है। रजपत्ती की ससुराल तक बात पहुँच गई तो और मुश्किल। उसका ससुर एक नम्बर का 'खटखटहा' है।"

"देखा जाएगा।"

चन्दर को पुलिस पकड़ ले गई।

टोले के लोग रामललवा को घेर कर खड़े हैं। उसी ने सबसे पहले देखा।

''काली को 'धार' छोड़ने के लिए मैं 'बड़ा फूल' लेने गया था धरमू के पिछवाड़े। तभी देखा, पक्की से एक जीप धरमू के घर की ओर मुड़ी। ड्राइवर लाल टोपी लगाये था। मैं आड़ में छिपकर देखने लगा। चन्दर मैदान से लौटा था और कुएँ की जगत पर बैठा लोटा मटिया रहा था। जनेऊ अभी कान पर ही चढ़ा था। जीप से उतरकर दो सिपाही लपके। चन्दर भागा तो लेकिन कीचड़ में फिसल कर मुँह के बल गिर पड़ा। बस दोनों सिपाहियों ने दबोच लिया।''

''कोई कहता है पिटाई भी हुई थी। मार लातन, घूसन अघवा दिये। बाँय-बाँय चिल्लाने लगा।''

धरमू बहू पति की राह रोककर पूछ रही हैं, ''क्या तय-तमाम करके आए थे ? आप तो कहते थे कि सब दरहम-बरहम कर आए हैं। फिर मेरे बेटे को क्यों ले गए बाँध कर। फौरन मेरे मायके फोन करिए। आप पर मुझे भरोसा नहीं।''

''शांत रहो। हलवाहिन सुन रही है, नैपालिन सुन रही है। भाई पट्टीदार सुन रहे हैं। कमजोरी दिखाना ठीक नहीं।''

''चाहे मूंड बराबर रुपया लग जाए। चाहे बीघे-दो बीघे खेत बिक जाएँ मेरे लाल को लेकर आज ही लौटिए।''

सुनकर पियारे का कलेजा ठंडा हो गया। नाहक ही कल वे लोग दुखी हो रहे थे। एकदम लुटेरी ही नहीं है पुलिस। शहर जाने के झमेले से बचे। बस किसी से भाई जी को गिरफ्तारी की खबर दिलाना होगा।

वे पत्नी को बुलाकर धीमे से कहते हैं, ''हो सकता है अभी चन्दर को गधे पर बैठाकर सिपाही गाँव में ले आवें, रजपती के हाथों उसके मुँह में कालिख पोतवाने के लिए। कालिख मिल जाएगा न घर में ?''

''कालिख की कौन कमी है। धान भूँजनेवाली हाँड़ी से चाहे पूरे गाँव के मुँह में कालिख पोतो।''

"थोड़ा तेल भी हो तो ठीक रहेगा। कालिख में मिलाने के लिए।"

टोले के लोग एक-एक कर इकट्ठे हो रहे हैं।

पियारे सबको बताता है, "दरअसल भाई जी ने कल थाने पर सबको बहुत हड़का दिया था। ऐसा हुआ कि...।"

टोले की बहुतेरी औरतों को इस तरह थाना-पुलिस करना अच्छा नहीं लगा। ठाकुरों बाभनों से रार करके भला कितने दिन रह सकता है कोई गाँव में ? बिना चोरी-चकारी किए भला गुजारा हो सकता है, जब अपने पास एक धूर खेत नहीं है तो...। लेकिन चन्दर का पकड़ा जाना उन्हें भी अच्छा लग रहा है।

भाई जी सबेरे से इन्तजार कर-करके कुढ़ रहे हैं। कल थाने का मुंशी और दरोगा जिस तरह अपमानित करनेवाले तौर-तरीके से उनसे पेश आए थे उसको लेकर उनका कलेजा जल रहा है। हाथ उठा देने का डर न होता तो वे हरगिज खुद को जब्त न कर पाते। उन्होंने रात में लौटते ही विधायक जी से बात कर लिया था लेकिन...। दोपहर होने को है और पियारे का पता नहीं। कितना समझाया था। कितना हौसला दिया था लेकिन पीठ फेरते ही सब बराबर। ऐसे ही थोड़े हजारों साल से जूता-लात खा रही है उनकी जाति।

रात आधी बीत गई है। हलवाहिन और नैपालिन मातमपुर्सी करके सोने जा चुकी हैं। देवरानी दो-तीन घंटे बैठकर शाम को ही लौट गई थी। और कोई दिखाई नहीं पड़ा।

पंडिताइन की आँखों में नींद नहीं है। वे बखरी से दालान के बीच रह-रहकर चक्कर लगा रही हैं। बेटी इन्तजार करते-करते थककर ओसारे में पड़ी चारपाई पर सो गई है।

पहले मोटरसाइकिलों की आवाज आती है। फिर पक्की से घर की ओर मुड़ने पर हेडलाइट का प्रकाश भी। आ गए।

एक मोटर साइकिल पर चन्दर और उसके मामा। दूसरी पर

पंडित जी। वे लपककर बेटी को जगाती हैं—"बिटिया जरा चूल्हा जलाकर चाय का पानी चढ़ा दो।" सब लोग अन्दर दरवाजे में आ जाते हैं। पंडिताइन चन्दर के सिर पर हाथ फेरती हैं। आँचल गीला करके उसका मुँह पोछती हैं। मारपीट के लच्छन तो नहीं दिख रहे हैं। उनके भैया समय से पहुँच गए होंगे।

सबेरे मोटरसाइकिल पर फट-फट करते हुए चन्दर चमरौटी की गली में तीन चक्कर लगाता है। माथे पर चुनरीवाले अंगौछे को बाँधकर और कन्धे पर बन्दूक टाँगकर। देखकर पूरे टोले में सन्नाटा छा जाता है। लोग झोपड़ियों के अन्दर घुस जाते हैं। कौन सामने पड़े ? थाने से छूट गया लगता है। मामले को रफा-दफा करवा आया। सुनते हैं इसके मामा का कोई रिश्तेदार है पुलिस में। तो क्या सिर्फ दिन भर की गिरफ्तारी के लिए इतनी कोशिश-पैरवी की गई। थाने से तो यह और 'साँड़' बनकर लौटा है।

"खाली कोशिश-पैरवी नहीं काम आती थाना पुलिस में। ले जाके मोटी थैली 'कुरै' दिया होगा। रुपये की माई पहाड़ चढ़ती है। घूस की गंगा में खून-कतल तक धुल जाता है।" गनेशी बाबा समाधान करते हैं।

लवंगी के हवाले से टोले की औरतों को खबर मिली है कि सारा पंडिताना बहुत गुस्से में है। कह रहे थे कि जब झूठ-मूठ इज्जत लुटने की रिपोर्ट लिखा दिए हैं तो सचमुच इज्जत लूट ली जाए। थाने पर तो उतना खर्च हो ही गया है।

धरमू ने पूरी चमरौटी को आगाह कर दिया है—खबरदार जो कोई उनके खेत की मेंड़ से होकर गुजरा, पैर काटकर हाथ पर धर दिया जाएगा। चोरी भी सीनाजोरी भी। सुनते हैं टोले के कुछ कमजोर दिलवालों ने धरमू के दरवाजे पर जाकर सरेण्डर कर दिया है—हमसे इस झगड़े से क्या मतलब महाराज ? पियारे का बेटा लोधियाना कमाता है। महीने के महीने मनीआडर भेजता है। वह जो चाहे करे।

"खबरदार जो कोई चमार मेरे दरवाजे पर दिखाई पड़ा।" चन्दर

दुनाली की नाल साफ करते हुए दहाड़ता है।

तरह-तरह की बातें सुनकर रजपत्ती की माँ दहशत से भरती जा रही है। दो दिन से न खुद घर से बाहर निकली न बेटी को निकलने दिया।

''क्यों नहीं करेंगे चोरी।'' विक्रम नए लड़कों से कहता है, ''सारे खेतों पर उन्हीं लोगों का कब्जा क्यों है ? हमारे हिस्से के खेत कहाँ गए ? मुर्दा गाड़ने भर की जगह भी हमारे हिस्से में नहीं छोड़ा इन लोगों ने। मजदूरी से अनाज मिल जाएगा लेकिन साग-पात, गन्ना, गंजी, मटर, चने का स्वाद हमें कैसे मिलेगा ? क्या इनका स्वाद लिये बिना ही हमारी जिन्दगी बीत जाएगी ? तब इनकी चोरी जुर्म क्यों है ? जुर्म है तो यह जुर्म हम हजार बार करेंगे।''

शाम को एक सिपाही पियारे का घर पूछते-पूछते आता है। जब तक टोले के लोग उसे भरमावें, एक लड़का दौड़कर पियारे को खबर करता है।

पियारे घबरा जाता है। उसे भी, गिरफ्तार करेंगे क्या ? कोई भरोसा नहीं। थाने के हवालात में हो रही एक आदमी की दुर्गति देख चुका है। वह अँधेरे में खेतों की तरफ खिसक जाता है।

''पियारे हरिजन का घर यही है ? कहाँ गया ?''

''कहीं निकले हैं साहेब। का काम है ?''

''कहना, लड़की को लेकर कल दस बजे थाने पर हाजिर हो जाएँ।''

पूरे टोले को साँप सूँघ जाता है। लड़की को थाने में बुला लिया ? अब आया असल खतरा। लड़की अगर थाने गई...।

पियारे बहू बड़बड़ाने लगी, ''मैं तो पहले ही कहती थी कि थाना-पुलिस का चक्कर ठीक नहीं है। उस पर झूठ-फरेब की मिलावट।''

लवंगी कह रही है—''चन्दर से तो बच गई। अब थाने के

सिपाहियों से बच जाए तो जानें। तेरह हैं तेरह। अब देखो तमाशा, बिना दामाद का पाँव पूजे ही नाना बन जाएँगे। अबल्यो। तब न बनी, अब बनी।''

पियारे सोचता है उल्टा वार कर दिया पंडित ने। करारा वार।

मैं अपनी बेटी को जहर दे दूँगी लेकिन थाने की ड्योढ़ी नहीं लाँघने दूँगी। सब नोच-नोचकर खा जाएँगे।

रजपत्ती भी सुनकर घबरा गई है। चन्दर को तो वह दाँत काट कर भगा देती। कोई पहली बार थोड़े घेरी गई थी। कितने-कितने घेरनेवालों को 'रस्ता' बता चुकी है। बेकार चिल्लाई। सबके लिए मुसीबत खड़ी कर दी।

तय होता है कि भोरवाली गाड़ी पकड़कर पियारे रजपत्ती को लेकर भाई जी के घर चले जाएँ। खतरे से बचाव के लिहाज से स्टेशन तक पाँच लोग साथ चलें। इस बात की भनक घर की औरतों तक को न लगने पाए। सारा भेद औरतों से ही 'लीक' होता है।

पियारे को भाई जी के सामने पड़ने से डर लग रहा है। उन्होंने कल ही बुलाया था कि विधायक जी से मिलकर दबाव बनाया जाएगा। लेकिन चन्दर की गिरफ्तारी देखकर ठंडे पड़ गए। गिरफ्तारी की खबर भेजने की याद भी न रही।

पक्की सड़क के बजाय खेत-खेतहरी वाले रास्ते से स्टेशन तक आते हैं वे लोग। साथ में चार नौजवान। पियारे, रजपत्ती और विक्रम को ट्रेन पर बैठाकर बाकी लोग लौट जाते हैं।

भाई जी के क्वार्टर पर तीनों लोग पहुँचे तो ठीक से धूप भी नहीं निकल पाई थी। बेटी से पियारे कहता है, ''अन्दर जाकर चाची के पैर छुओ।''

सारी बात सुनकर भाई जी आश्वस्त करते हैं, ''थाने पर तो हम खुद ही लेकर चलेंगे लड़की को। लेकिन पहले यह तो पता चले कि एफ.आई.आर. लिखी भी गई या नहीं ? लिखी गई तो किस धारा में ? अब दारोगा की पावर थोड़े रह गई है, हरिजन उत्पीड़न के मुकदमे की तफतीस करने की। सी.ओ. करेगा—गजटेड अफसर।

मामूली धारा नहीं है। लग जाती है तो ब्रह्म पिशाच की तरह जान को पड़ जाती है।''

पियारे बिना पूछे ही सफाई देना जरूरी समझता है, ''चन्दर की गिरफ्तारी देखा तो मैंने सोचा कि अब आपको क्यों परेशान करें। लेकिन रात में ही छूटकर आ गया तो अपनी गलती समझ में आ गई।''

''गिरफ्तारी तो माल ऐंठने के लिए की गई होगी। हरिजन उत्पीड़न की दरखास्त पड़ी नहीं, कि थाने की दिहाड़ी पक्की हुई।''

नाराज नहीं हैं भाई जी। पियारे राहत की साँस लेता है।

पहले से कितना बदल गए हैं भाई जी। पहले रात के अँधेरे में डरते-डरते गाँव में घुसते थे और पौ फटते ही निकल लेते थे। अब दाढ़ी शायद रोज बनाते हैं। 'हीरो पुक' से चलने लगे हैं।

खराद का काम भी अच्छा चल निकला है। जब सूबे के मुख्यमंत्री की कुरसी पहली बार अपनी बिरादरी के हाथों में आई तो भाई जी ने मुख्यमंत्री के पी.ए. से फोन करवाकर गर्दिश में पड़े उद्योग विभाग के एक अधिकारी को अपने जिले का जी.एम. बनवा दिया था। बदले में उस अफसर ने यही 'हीरो पुक' भेंट में दिया था। अगले साल बेटे ने 'फिटर के ट्रेड' में आई.टी.आई. पास किया तो खराद मशीन के लिए बैंक से लोन दिलवा दिया था। तबसे भाई जी को होल टाइमर बने रहने में कोई दिक्कत नहीं रह गई है।

गाँववाला घर जला दिए जाने के बाद कई साल तक पत्नी बेटे को लेकर मायके में पड़ी थी। अब सबको शहर ले आए हैं।

थोड़ी देर में चाची ने भतीजी के हाथों चाय भिजवाई। चाय पीते हुए तय हुआ कि पहले विधायक जी से थाने में फोन कराकर पता लगा लिया जाए कि रिपोर्ट दर्ज हो गई या नहीं ? लेकिन विधायक जी सीधे दरोगा को फोन करने के लिए राजी नहीं हुए। कहते हैं–''सीधे कप्तान साहब से चलकर मिलते हैं। कप्तान साहब अच्छे आदमी हैं। चाय भी पिलाते हैं। यह दरोगा तो...क्या नाम बताया...हाँ ! बड़ा 'बज्जात' है।''

"बज्जात क्या बज्जात का भी बाप है। उस दिन थाने में इतना हड़काया इतनी बेइज्जती के साथ पेश आया कि आँखों में आँसू आ गए थे।" भाई जी अपना दर्द रोक नहीं पाते।

कोई और होता तो पुलिस के लफड़े में पड़ने से भरसक बचते विधायक जी, पर भाई जी का उन पर भारी एहसान है। टिकट दिलाने का। भाई जी ने ही उस समय पार्टी के जिलाध्यक्ष को मिला कर ऊपर तक यह बात पहुँचाई थी कि इलाके के ठाकुरों-बाभनों के खिलाफ सिर्फ 'मुस्लिम कंडीडेट' ही ताल ठोंककर टक्कर दे सकता है। किसी सिड्यूलकास्ट में इतना दम नहीं है कि...

उस दारोगा की जल्लादी विधायक जी से ज्यादा कौन जानता है। बात कई साल पुरानी हो गई लेकिन आज भी उसका नाम कान में पड़ते ही मुँह कसैला हो जाता है मंजूर मियाँ का। उस बार मोटर चोरी के जुर्म में जब पकड़ा था...पता नहीं किसने मुखबरी की थी। उनके घर के सामने वाली गड़ही में पनबुड़वा उतारकर चोरी की तीनों मोटरें बरामद कर ली थी। फिर तो कनकनाते जाड़े में रात भर थाने के सामने वाली गड़ही में छाती भर पानी में खड़ा करके रखा था। जो हजार-हजार गाली गाँव भर के सामने दिया था सो अलग। वे जिंदगी में फिर कभी उस दारोगा के सामने नहीं पड़ना चाहते। कल को मंत्री बन जाएँ, तब भी नहीं।

मंजूर मियाँ टेलीफोन पर कप्तान साहब से बात करते हैं। फिर भाई जी से पूछते हैं—"दरखास्त लिख लिया ?"

"दरखास्त लिखकर तो कल ही दे आए हैं रिपोर्ट लिखने के लिए। उसकी कापी है। आपके सिफारिशी लेटर के साथ इसे नत्थी करके दे दिया जाएगा।

जब तक चाय आती है, भाई जी, विधायक जी के पैड पर लेटर लिखते हैं। पियारे की दस्तखत के बाद, विधायक जी भी उस पर कुछ लिखते हैं, फिर बैग से मुहर निकालकर लगाते हैं। दूध जैसी सफेद नयी टाटा सूमो में भाई जी के साथ विधायक जी बीचवाली सीट पर बैठते हैं। आगे ड्राइवर के साथ गनर और पी.ए.। पीछे

की सीट पर पियारे और विक्रम। फाटक शायद ठीक से बन्द नहीं हुआ विक्रम से। ड्राइवर पीछे आकर बन्द करता है। सूमो की छत पर विधायक जी ने लाल बत्ती लगवाया है। चलने के साथ ड्राइवर उसे दिन होने के बावजूद जला देता है—लप्पू लप्पू...सड़क पर भीड़-भाड़ देखकर ड्राइवर बीच-बीच में साइरन भी बजाता चलता है। लाउडस्पीकर की एक बाल्टी भी टाँग रखी है छत पर। आगे के शीशे पर बाईं तरफ विधानसभा का और दाहिने तरफ अपनी बीड़ी कम्पनी का स्टिकर चिपका रखा है विधायक जी ने—बिगुल छाप बीड़ी। कुल मिलाकर विधायक की सूमो किसी पावरफुल आदमी की गाड़ी लगती है। सीट का कवर कितना चमकीला और मुलायम लगता है। विक्रम और पियारे चिकने कवर पर हाथ फेरते हैं। अगहन बीत रहा है। अब गर्मी कहाँ, लेकिन विधायक जी, भाई जी को 'ए.सी.' का मजा भी दे देना चाहते हैं।

बाप रे ! पियारे तो समझ ही नहीं सका। लगा उसके दाँत किटकिटाने लगेंगे। गाड़ी के अन्दर इतना जाड़ा। विक्रम ने दबी जबान से समझाया—ए.सी. लगा है ए.सी.। माने गाड़ी में एक मशीन फिट है जो ठंडक पैदा करती है। बाहर बज्र गर्मी हो, लू चल रही हो, पसीना चू रहा हो लेकिन इस मशीन के चल जाने पर अन्दर बारहों मास ठंडक रहती है। विक्रम ने भी सिर्फ सुना था। मजा तो आज ही ले सका। इतनी जल्दी आ गया कप्तान साहब का घर। उतरो...उतरो...। विक्रम फाटक खोलना जान गया है।

कप्तान साहब का बंगला देखकर पियारे की आँखें फैल गईं। गाड़ी के अन्दर न बैठा होता तो गेट पर बन्दूकधारी सिपाही को देखकर ही उसकी हिम्मत छूट जाती है। जिधर देखो लालटोपी। इतना बड़ा घास का मैदान। मैदान में रंग-बिरँगा बड़ा भारी छाता। छाते के नीचे सोता भारी डील-डौलवाला अधबूढ़ा चित्तीदार कत्थई कुत्ता। एक सिपाही ने बड़े से कमरे का दरवाजा खोलकर तुरन्त अन्दर बैठाया। भाई जी से जान-पहचान न होती तो वह यहाँ तक सात जनम में भी नहीं पहुँच पाता ? पियारे ने सोचा।

निकले कप्तान साहब। सब खड़े हो गए। उन्होंने विधायक जी और भाई जी से हाथ मिलाया।

विधायक जी ने हाल पूछने के साथ ही शिकायत शुरू की—"आपके आने से सारा पुलिस का महकमा सुधर गया लेकिन यह जो बड़गाँव का इंचार्ज है, यह पट्ठा सुधरनेवाला नहीं। इतना जातिवादी, इतना घूसखोर कि सारा इलाका 'गंधा' रहा है। आपके नाते चुप हूँ वरना अब तक थाना घेरवा लेता। उस दिन 'मांइनारिटीज' की मीटिंग में जब मुख्यमंत्री जी ने जिले की लॉ एण्ड आर्डर की हालत पूछी तब भी आपके नाते चुप लगा गया।"

कप्तान साहब ऐसी निर्मल मुस्कराहट मुस्कराये मानो प्रशंसा सुन रहे हों। फिर हाथ बढ़ाकर दरखास्त विधायक जी के हाथ से ले ली और पढ़ने लगे। पढ़ने के बाद कलम उठाकर उस पर कुछ लिखने लगे।

"सख्त कार्रवाई होनी चाहिए जनाब। गिरफ्तारी। नहीं तो कुर्की। मुल्जिम सरहंग है। पैसेवाला है। थाना चूहा-बिल्ली का खेल खेल रहा है। पकड़ना-छोड़ना। पकड़ना-छोड़ना। न्याय होना चाहिए।"

उठते हुए विधायक जी को रोक लिया कप्तान साहब ने, "बैठिए। चाय पीकर जाइए।"

भाई जी ने विक्रम और पियारे को बाहर चलने का इशारा किया। कप्तान साहब का इतना चिकना, इतना भोला चेहरा देखकर पियारे थोड़ा निराश हो गया है। अभी तो एकदम 'लरिका' (बच्चा) ही हैं कप्तान साहब। बड़े-बड़े दारोगा-हवलदार सब जरूर इनको 'उल्लू' बनाते होंगे।

विक्रम को चाय पीने का मौका हाथ से निकल जाने का मलाल है। कहने को रहता कि कप्तान साहब बैठक में बैठाकर चाय पिला चुके हैं। खुद भाई जी ने गुड़-गोबर किया, कप्तान साहब ने तो मना नहीं किया।

बीड़ी फैक्टरी की अपनी गद्दी पर आकर विधायक जी सी.ओ.

को फोन मिलाते हैं—"हरिजन लड़की के साथ बलात्कार का मामला है जनाब। उछल गया तो 'फेस' करना मुश्किल हो जाएगा। ...जी हाँ आप ही के क्षेत्र का। आज पाँच दिन हो गए, दारोगा रिपोर्ट लिखने में आनाकानी कर रहा है। सरकार ने आपलोगों के हाथ में कोई 'पावर' नहीं रहने दिया क्या ? कप्तान के अलावा थाना इंचार्ज किसी को कुछ समझता ही नहीं। कप्तान साहब से ही मिलकर तो अभी लौटा हूँ।...लड़की हमारे पास है। गाँव में खतरा था। जब कहिएगा हाजिर कर देंगे। बलात्कार के केस में तो मेडिकल ही सब कुछ है और आज पाँच दिन हो गए...।"

आज तक कभी मुसलमान के घर चाय नहीं पिया था पियारे ने। उसे पता नहीं कैसा लग रहा है। चाय लेकर आनेवाला चारखाने की लुंगी पहने था। लेकिन जब भाई जी पी रहे हैं तो वह कैसे इन्कार कर सकता है। उसने एक बार विक्रम की ओर देखा, फिर कप उठा लिया।

अपनी टाटा सूमो से ही विधायक जी ने तीनों को भाई जी की खराद मशीन तक पहुँचाया। वहीं बैठे-बैठे भाई जी ने पियारे की शंका का समाधान किया—"मेडिकल से डरने की कत्तई जरूरत नहीं मेरे भाई। अभी दो-तीन दिन से कम नहीं लगेंगे मेडिकल में। आठ दिन बाद क्या मेडिकल और क्या गैर मेडिकल। उस रिपोर्ट से अगर कोई फायदा नहीं होगा तो नुकसान भी नहीं होगा। दरोगा तो सिर्फ डरा रहा था। मेडिकल औरत डाक्टर करेगी भाई।"

कप्तान साहब के आर्डरवाली दरखास्त थाने पहुँचानी है। लेकिन भाई जी दुबारा थाने नहीं जाना चाहते। नंगे का सामना होने से जितना बचा जा सके उतना अच्छा। वे पियारे को समझाते हैं—"अब मेरी क्या जरूरत ? कप्तान का आर्डर देखते ही दौड़कर लिखेगा मुंशी रिपोर्ट। लेकिन अकेले पियारे भी नहीं जाना चाहता। कितना टेढ़ा बोलते हैं वहाँ सब लोग। जानवर के बराबर भी मान नहीं देते।

अंत में तय होता है कि भाई जी चट्टीवाली चाय की दुकान

पर रुक जाएँगे। पियारे विक्रम के साथ थाने जाएगा। हीला-हवाली करने की दशा में विक्रम आकर भाई जी को बुला लेगा।

अँधेरा होनेवाला है। मुंशी पहले की तरह ही चौकी पर जमा है। उसके सामने चार-पाँच अर्धनग्न देहाती जमीन पर उकड़ूँ बैठे हैं। एक बूढ़ा हाथ जोड़कर गिड़गिड़ा रहा है। पियारे की नजर हवालात की ओर उठ जाती है। आज वह खाली है। उस दिन बन्द हवालाती का क्या हुआ होगा ?

अचानक मुंशी दहाड़ता है और लपककर हवालात का ताला खोलने लगता है। बूढ़ा पास जाकर मुंशी का पैर पकड़ लेता है।

''कोच्छ नहीं।'' कहकर मुंशी ठेलकर पाँचों को अन्दर बन्द करके ताला लगा देता है। खाली पड़ी हवालात फिर आबाद हो जाती है! विक्रम के मन में काँटा जैसा गड़ने लगता है।

फिर मुंशी पियारे की ओर मुड़ता है।

''क्या हुआ ? मिल आए गवर्नर साहब से ? ऊ नेतवा कहाँ गया ?''

पियारे हाथ की दरखास्त बढ़ा देता है।

मुंशी उसे गौर से देखता है। फिर कहता है, ''उधर बैठ जाओ।''

वह दरखास्त लेकर थाने के भीतरी हिस्से में चला जाता है। हवालात में बन्द लोगों का चेहरा देखते हुए पियारे कहता है—इतने गरीब रोज दुनिया में जिबह किए जा रहे हैं, फिर भी इनकी तादात कम क्यों नहीं होती विक्रम बेटा।

''बकरे-मुर्गे भी तो रोज जिबह होते हैं काका, तो क्या उनकी तादात कम हो गई है। जो गरीबों को जिबह करते हैं, वे इनकी पैदावार का भी ध्यान रखते होंगे।'' पियारे बैठे-बैठे सिर हिलाता है—ठीक कहते हो बेटा।

बड़ी देर बाद मुंशी लौटता है और एक रजिस्टर में कुछ लिखने लगता है। लिखकर पढ़ता है। कुछ जोड़ता है। फिर पियारे को बुलाता है, ''यहाँ दस्तखत करो। इस लड़के का क्या नाम है ? चल

रे, तू भी दस्तखत कर। बाप का नाम ?''

फिर पियारे की ओर देखकर पूछता है, ''कुछ नजराना-शुकराना लाया है कि फिरी में सब काम कराएगा ?''

पियारे बंडी की जेब में चार पर्त करके, सँभालकर रखा सौ का नोट निकालकर मुंशी की ओर बढ़ा देता है।

नोट लेकर, उसकी पर्त खोलकर लालटेन के उजाले में परखता है मुंशी। फिर एक पन्ना फाड़कर पियारे को पकड़ाते हुए कहता है, ''आदमी तो तू समझदार लगता है रे। बस नेतवा के चक्कर में पड़ गया है।''

सौ रुपये में इतनी ठंडक ? कि कप्तान साहब की लिखावट का असर है ?

''हुजूर, लड़की को लेकर कब हाजिर होना है ?''

अब सी.ओ. साहब के दफ्तर से बुलावा जाएगा। फाइल वहीं जा रही है।

भाई जी चाय की दुकान पर बैठे-बैठे ऊब रहे हैं। नौ बजने वाले हैं। दुकानदार मुरौवत में दुकान खोले बैठा है। रोज सात बजे बन्द कर देता है।

पियारे और विक्रम का चेहरा देखकर ही वह सब कुछ समझ जाता है। भट्टी तो कब की बुझ चुकी है। वह बिना माँगे एक बण्डल बीड़ी और एक माचिस पियारे के हाथ पर रखता है और दुकान बढ़ाने लगता है।

भाई जी दुकान के लैम्प की रोशनी में पूरी रपट पढ़ते हैं। इतना पुराना कार्बन। और तो सब ठीक है, लेकिन हरामजादे ने अंत में जोड़ दिया है कि रपट लिखाने में देरी, वादी की तरफ से हुई है।

बारह-एक बजे का समय रहा होगा। पियारे ओसारे में बैठा साग-भात खा रहा था। जब सिपाही दरवाजे पर पहुँचा। उसके साथ टोले के तीन-चार लोग। पियारे खाना छोड़, थाली ढँककर निकल आया।

"मौक़ा-ए वारदात पर चलना है।" सिपाही बोला, "लड़की और गवाहों को भी साथ ले लो।"

रजपतिया की माँ परेमा की माँ और मिस्त्री बहू को बुलाने चली गई। पियारे ने बताया, "लड़की तो बाहर है। हमलोग चलते हैं।"

मिस्त्री बहू और परेमा की माँ से पूछकर वह देर तक कागज पर लाइन खींचता और लिखता रहा। यह किसका खेत ? यह कौन-सी दिशा ? किधर-से आ रही थी लड़की ? कहाँ गई थी ? क्या करने ? राजेश नक्शा बनाने में उसकी मदद करता है।

वह मटर के खेत में बिखरा धान उठाकर रूमाल में बाँध लेता है।

रामदत्त का कॉलेज में पढ़नेवाला लड़का पिंटू बिना बुलाए ही आकर मेंड़ पर खड़े-खड़े सारी कार्यवाही देखता है। फिर कुछ और लोग आ जाते हैं। जाते-जाते सिपाही कहता है, "लड़की को लेकर कल सबेरे सी.ओ. साहब के दफ्तर पहुँचो।"

"पहुँच जाएँगे।" राजेश कहता है।

जाते हुए सिपाही के पास पहुँचकर पिन्टू कुछ कहता है। सिपाही उसके साथ हो लेता है। शायद चाय-पानी कराने अपने घर ले जा रहा है।

शाम को सुनाई पड़ता है कि बभनौटी के लोगों ने चाह-पानी पिलाकर, असली सबूत धान की पोटली गड़ही में फेंकवा दिया। रजपतिया फरार है। लेकिन कितने दिन फरार रहेगी ? उसी की टोह में तो आया था सिपाही।

भाई जी आधी रात तक रजपत्ती को समझाते हैं, "सारे मुकदमे का दारोमदार तुम्हारे बयान देने पर ही है बिटिया। दरोगा से भी बड़ा पुलिस का हाकिम लेगा बयान। उसको ठीक लगा तो आगे सी.जे.एम. के पास बयान देने भेज देगा। दफा 164 में।"

कितने लोग, कितनी दफा लेंगे बयान ? घबड़ा जाती है रजपत्ती। एक बार उसके ननिहाल की एक मल्लाह की लड़की का ऐसा जानलेवा बयान तीन दिन तक थाने के सिपाही-दारोगा लिए

थे कि वह बेहोश हो गई थी। अगर वह बयान देने से मना कर दे तो ? क्या जेल भेज देंगे? उस बार फूलन गाँव में बोट माँगने आई थी तो बता रही थी–"जेल में औरत की बस जान नहीं निकालते। बाकी सब करम कर डालते हैं।"

"रिपोर्ट में लिखा दिया है कि 'जबरदस्ती' हुई है। इस बात को आगे तुम्हें ही सँभालना है। इसलिए बहुत डटकर, बहुत हिम्मत से देना बयान। जरा भी उल्टा-पुल्टा हुआ कि तुम्हारे बप्पा अन्दर गए। अन्दर ? अन्दर माने जेल। किस बात का डर ? बयान के समय तू अकेले थोड़े ही रहेगी। तेरी माँ भी रहेगी तेरे साथ। हमलोग भी पास ही रहेंगे। बन्द कमरे में तो सी.जे.एम. बयान लेगा। बाद में।"

रजपतिया की माँ ने शाम को ही सचेत कर दिया दोनों गवाहों को। थाने नहीं शहर चलना है। सी.ओ. साहेब के दफ्तर। सालों बाद दोनों औरतों को शहर देखने का मौका मिलेगा। वह भी मुफ्त में। गवाह के किराए-भाड़े और नाश्ता पानी का खर्चा फरीक उठाता है। यही रिवाज है। रजपतिया की माँ तो खैर पहली बार शहर जा रही है।

इक्के पर बैठकर शहर जाने का मजा ही कुछ और है। एक-एक बाजार, बाग-बगैचा, नदी नाला सुबिस्ते से देखते चलिए। बस में बैठने पर वह मजा कहाँ ? झर्र-झर्र सब गुजरता है। अभी बैठे-अभी पहुँच गए। चक्कर आता है अलग से। रमझरिया की माँ को तो अन्दर बैठते ही उल्टी होने लगती है। सारा खाया-पिया बाहर। जब किराया देना है तो देर तक सवारी का मजा लीजिए।

यहीं पहली बार तीनों औरतों ने महिला पुलिस देखी। महिला पुलिस माने पुलिस के कपड़े में औरत। बिन्दी, चोटी और नाक-कान के कील काँटे के साथ खाकी वर्दी। देखकर पुलिसियों के बीच में भी हँसी रोकना मुश्किल हो गया। आगे-पीछे का उभार साफ-साफ दिखता है–धत्तेरे की। मुँह में आँचल ठूँसकर मुँह फेर-फेरकर हँसने लगीं तीनों।

भाई जी रजपत्ती को लेकर आ गए।

लेकिन आज बयान नहीं हो पाया। सी.ओ. साहब बैठे ही नहीं। अचानक कहीं जाना पड़ा। कागजात तैयार थे। महिला पुलिस रजपत्ती को लेकर मेडिकल कराने सदर अस्पताल चली गई।

मिस्त्री बहू को उम्मीद थी कि रजपतिया की माँ सिनेमा दिखाएगी। कल ही चर्चा हुई थी। वह राजी होती तो मिस्त्री बहू विक्रम को भेजकर फौरन टिकट मँगवा लेती। फूलन की पिक्चर लगी है। अगली बार वह पहले से तय करके आएगी।

रजपतिया का भाई आ गया है लुधियाना से। साइकिल फैक्टरी में काम करता है। ओवर टाइम जोड़कर चार हजार रुपये महीने कमाता है। बलात्कार की झूठी रिपोर्ट लिखाना उसे भी अच्छा नहीं लगा। कितनी बदनामी हो गई जिला-जँवार में। लेकिन भाई जी ने उसके पढ़े-लिखे होने का हवाला देकर आसानी से समझा लिया, "जिला-जँवार में किसको नहीं मालूम है असली बात। और इसको झूठ क्यों मानते हो ? आपके आँगन में नाग घुस आया। नजर पड़ गई, इसलिए डँसे जाने से बच गए। तो क्या उसे इसलिए नहीं मारोगे कि वह डँस नहीं पाया। डँस ही लेता तो बाकी क्या बचता। डँसना उसका काम है। अभी नहीं डँस पाया तो आगे डँसेगा। इसलिए जब चपेट में आ गया है तो फौरन 'उसका विषदन्त' तोड़ देना चाहिए।

ठीक कहते हैं भाई जी। डँस जाने के बाद क्या रह जाएगा करने को। उसकी आँखों में दस साल पहले कुएँ में कूदकर जान गँवा देनेवाली बहिन का फूला हुआ पेट कौंध जाता है। एक दिन स्कूल से लौटते हुए नत्थूसिंह के छोटे बेटे हरिसवा ने उसकी राह रोककर सारे लड़कों से कहा था—"जब तक यह नहीं बताता कि इसकी बहन के पेट में किसने बच्चा डाला तब तक इससे कोई नहीं बोलेगा।"

लेकिन रजपतिया का ससुर हिसाबी आदमी है। उसकी पतोहू से झूठा बयान दिलाकर अपनी गोटी लाल कर रहा है यह भाई जी। इसमें उसका क्या फायदा है ? वह उलटकर सवाल करता है—भाई जी कौन होता है उसकी पतोहू से झूठा बयान दिलाने वाला ! कल

को इसी 'बयान' के चलते बिरादरी भोज–भात माँगने लगे तो उसका खर्चा कौन देगा ?

"मुँह सँभालकर बात करो चौधरी।" विक्रम हत्थे से उखड़ जाता है, कानून और इजलास के अलावा सारी दुनिया जानती है कि मामला झूठा है। फिर कौन साला माँगेगा भोजभात। जो माँगे उसे मेरे गाँव में भेज देना। धोती ढीली कर दी जाएगी।"

सुनकर चौधरी की खुद की धोती ढीली पड़ गई। इस गाँव के चमार बड़े सरकस हैं। जब बाभनों के खिलाफ 'मोर्चा' खोल दिए तो उसकी क्या औकात।

बाहर से देखने पर धरमू के चेहरे का 'गरब-गुमान' कम हुआ नहीं लगता। मालकिन किसी न किसी बहाने ललकारती-घुड़कती रहती है। लेकिन अन्दर से दोनों प्राणी चिन्तित हैं। भले रुपये-पैसे का मोह न करके वे दिन भर में बेटे को छुड़ा लाए, पर पूछताछ के दौरान अकड़ दिखाने के चलते दारोगा ने उन्हीं के सामने चन्दर को दो-तीन झापड़ मार दिया। मार तो मार, चाहे एक झापड़ चाहे दस। 'मरजाद' तो उतर गई। खर्चा पानी लेने के बाद भी दारोगा ने चेताया है कि जमानत का इन्तजाम कर लें। मामला नहीं दबा तो चालान करना पड़ेगा।

मालकिन को लगता है कि इधर कुछ दिनों से उनकी ग्रह-दशा खराब चल रही है। पाँच साल तक गोद हरी न होने के कारण बेटी की सास उल्टे-सीधे ताने मारने लगी है, जिससे ऊबकर बेटी पाँच महीने से मायके में आकर बैठी है। नैपालिन और हलवाहिन खुद उनके गले में राहु-केतु की तरह अटकी पड़ी हैं। ऊपर से बेटे की ऐसी करतूत। जरूर किसी ऊपरी हवा का प्रकोप है। उन्होंने समुझ ओझा को गोपनीय ढंग से बुलाकर आँगन में विचार करवाया है। ओझा ने बताया है 'चमरदोख' जागा है। कभी किसी चमार ने इस खानदान पर प्राण दिए थे ? या हत्या ?

''मुझे तो पता नहीं।'' मालकिन कहती है।

''अक्सर दूसरी-तीसरी पीढ़ी में भी उभर आता है।'' समुझ कहता है।

''जनाना है कि मरदाना ?'' कुछ सोचकर मालकिन पूछती हैं।

''अभी यह पता नहीं चल रहा है। पर जल्दी ही पता लगा लूँगा ?''

''तो क्या करना पड़ेगा ?''

''बैठवाना पड़ेगा, बेल्हा माई के घाट पर। अपना पूजा पावना, छौना खँसी ले और पिंड छोड़े।''

''ब्राह्मण होकर छौना खँसी ? क्या कहते हो समुझ ?''

''आपको अपने हाथ से थोड़े काटना होगा। अरे हम जाएँगे। वहीं खरीदकर चढ़ा देंगे। आपको खर्चा देने से मतलब रहेगा।''

उस दिन चित्रकूट से अयोध्या जी जाते हुए दो घंटे के लिए उदासी जी रुके तो भोजन पानी कराने के बाद उनसे भी अपनी 'गरह-दशा' पर विचार करने का अनुरोध किया। उदासी जी की इस घर पर बहुत पहले से कृपा रही है। जब कई वर्षों तक उनकी कोख हरी नहीं हुई तो बड़े उदासी जी की आज्ञा मानकर मालकिन ने चित्रकूट में कामदगिरि पर्वत के परिक्रमा-पथ पर एक सौ इक्कीस पत्थर लगवाये थे और लेटकर परिक्रमा की थी। उसके बाद ही यह चन्दर कोख में आया था। बहुत पुरानी बात। तैंतीस-चौंतीस वर्ष पहले की। बेटी की ओर से भी वे इसी तरह का कोई पुत्र प्राप्ति अनुष्ठान कराना चाहती हैं, इसीलिए महीना भर पहले चिट्ठी लिखवाई थी। उदासी जी ने अयोध्या से वापसी के समय रुककर समाधान देने का आश्वासन दिया है।

तब तक सत्यनारायण की व्रत कथा ही। एकलंगी धोती, आधी पहने और आधी ओढ़े 'पहित्ती' पहने हाथ जोड़े बेदी के सामने ध्यानमग्न बैठा था चन्दर। अभी पहला शंख ही बोला था कि विघ्न पड़ गया।

पुलिस की जीप सीधे आकर दालान के दरवाजे के सामने रुकी।

पंडित जी का कथा वाचन रुक गया। चन्दर उठकर खड़ा हो गया। चार सिपाही कूदकर उतरे। मालकिन सूख गईं। यज्ञ विध्वंस। जैसे मेघनाद का यज्ञ विध्वंस किया था बानर सेना ने। नतीजा ?

एक पल भी रुकने को तैयार नहीं थे सिपाही। मालकिन ने लाख चिरौरी विनती की–"आपलोग भी हिन्दू जान पड़ते हैं। सकल सूरत से ऊँचे खानदान के लगते हैं। कथा पूरी हो जाने दें। परसाद ग्रहण कर लें। बेटा सबेरे से निर्जल व्रत है। मुँह में कुछ डाल लेने दें।"

पर वे कोटि जतन, रुकने को तैयार नहीं थे–"हम हिन्दू तुरक नहीं, पुलिसवाले हैं।

हलवाहिन ने कान में अकिल दिया–"पंजीरी परसाद से नहीं माननेवाले ए दाढ़ीदार। कुछ समझो।"

पाँच सौ देने के बाद एक घंटे की मोहलत मिली। साथ ही यह भी बता दिया कि उनकी रायफलें खाली नहीं 'लोड' हैं–किसी किस्म की चालाकी की तो...।

पंडित जी ने बिना अर्थ समझाये, खींचकर पाठ पूरा किया। मालकिन ने धरमू का कुर्ता पकड़ लिया, "कहाँ फेंक आए पाँच हजार की गड्डी ? जो मेरे बेटे को फिर बाँधकर ले जाने को आए ये जमराज के दूत। दूब की सिटकिनी भी नहीं छू जानी चाहिए मेरे बेटे की देह में। नहीं तो परान दे दूँगी। सिर्फ एक गिलास 'चरणामृत' पीकर जा रहा है मेरा बेटा, इन कसाइयों के हाथ। आप भी जाइए साथ। यह रही बक्से की चाभी।"

और जीप के जाते ही वे पछाड़ खाकर गिर पड़ीं, हाय रे दैया, किसी का ईमान-धरम कायम नहीं रह गया है इस कलजुग में। पैसा भी लिया और बाँधकर ले भी गए।

जीप के जाने तक आधा गाँव जुट गया था धरमू के दरवाजे पर। इस बार बाप-बेटे दोनों चले गए बँधकर। एक 'मिन्ट' की मोहलत नहीं मिली। पूजा की बेदी से उठाकर ले गए।

हथकड़ी ! हथकड़ी लगवा दिया चमाइन ने। ठाकुरों-बाभनों की

औरतें दाँतों तले ऊँगली दबा रही हैं। अब इन्हीं लोगों का 'राज' रहेगा कलजुग में।

राजेश पियारे को बताता है, बाप-पूत दोनों 'घुघ्घू' की तरह बैठे थे जीप के पीछे। सीट पर नहीं फर्श पर उकड़ूँ।"

जितनी जल्दी बेहोश हुई थीं, उतनी ही जल्दी होश में भी आ गईं, चन्दर की अम्मा। उन्होंने हलवाहिन से खेलावन नाऊ को बुलवाया और फोन नम्बर की पर्ची उसके हाथ में देते हुए बोलीं, "बाजार जाकर तुरन्त मेरे भैया को फोन करके सारी बात बताकर कहना कि जितनी जल्दी हो सके थाने पहुँच जाएँ।"

उनके सगे देवर रामदत्त सामने ही रहते हैं। लेकिन पुस्तैनी जमीन को लेकर हुए विवाद में काफी दिनों से बोल-चाल बन्द है। उन्हें बुलाकर थाने भेजें ? लेकिन घंटे भर पुलिस खड़ी रही दुआरे, क्या उन्हें दिखाई नहीं पड़ा ? जितनी मदद नहीं करेंगे, उससे ज्यादा चारों तरफ गाएँगे कि भतीजे को छुड़ाने में हलकान हो गए।

रामदत्त गँड़ासा पिटाने लोहार के घर गए थे। लौटने पर पत्नी ने बताया कि चन्दर को फिर पुलिस ले गई।

"ले ही जाएगी। जब पुलिस के घर जाने का 'करम' करेंगे तो और कहाँ जाएँगे ? पुरखों की नाक कटवा दी।"

"उस दिन भी आप थाने तक नहीं पहुँचे, दुनिया क्या कहेगी ? क्या पट्टीदार सिर्फ मरे-बियाहे ही पहुँचने के लिए होते हैं। चले जाइए दुआर तक।"

आए रामदत्त। दुख जताया और 'हुकुम' पूछा।

"जैसे भी बन पड़े छुड़ाकर लाइए देवर जी। तुम्हारे भैया तो पानी तक नहीं पिए हैं।"

धरमू ने इधर-उधर नजर दौड़ाई। उस दिन जिस सिपाही के माध्यम से लेन-देन हुआ था, वह कहीं दिख नहीं रहा था। उन्होंने दारोगा को बताना चाहा तो उसने बेमुरौव्वती से घुड़क दिया, "अब सारा जोर अदालत में ही लगाइए, पंडित ज़ी।"

होनेवाली लिखा-पढ़ी और बातचीत से वे जान गए कि चालान

होकर रहेगा। चमारों ने कहीं से तगड़ा पौवा भिड़ाया है।

चालान करते-करते डेढ़ बज गए। दोनों सिपाहियों ने हवालात का फाटक खोलकर चन्दर को हथकड़ी लगाई और लेकर बाहर निकले।

पीछे-पीछे आते धरमू ने आश्चर्य से पूछा, "क्या पाँव पैदल ही चलेंगे, दीवान जी ?"

"तब क्या आपने डोली का इन्तजाम किया है ?"

"जीप तो थी, भैया।"

"चोरों-छिनरों को ढोने के लिए ?"

बहुत बदजबान सिपाही है। अभी सवेरे घर पर पाँच सौ ले चुका है, तब यह हाल है। बोली से लाठी जैसी चोट करता है। इतनी दुत्कार सहने की आदत नहीं थी। चुपचाप पीछे-पीछे चल पड़े।

लेकिन इस समय तो चट्टी पर भी कोई सवारी मिलना मुश्किल है, बस तो बाजार में ही मिलेगी। तब क्या उनके बेटे को ये लोग हथकड़ी लगाकर बाजार तक पैदल ही ले चलेंगे। बाजार में गाँव के पचासों आदमी होंगे। सब हथकड़ी की नुमाइश देखेंगे ? कितने इष्ट-मित्र, नाते-रिश्तेदार एक से एक रसूख और पावरवाले हैं। इसके बावजूद इस समय वे कितने लाचार हैं। एक आदमी भी साथ नहीं। जीप पर बैठने के चक्कर में वे अपनी मोटर साइकिल भी नहीं लाए। नहीं तो आगे बढ़कर कोई जीप या टेम्पो का बन्दोबस्त करते। सगे भाई तक को आवाज देने लायक नहीं रहे। उससे भी रार ठान बैठे।

वे आगे बढ़कर एक बार फिर कोशिश करते हैं, "दीवान जी। एक बात का विश्वास दिला सकते हैं। ब्राह्मण की जबान है, कट नहीं सकती। मेरा बेटा भागे-पराएगा नहीं। हथकड़ी खोल दीजिए, नहीं तो बीच बाजार इज्जत नीलाम हो जाएगी।"

"कानून-कानून है पंडित जी। आपकी इज्जत के चक्कर में नौकरी नहीं न देंगे ?"

वे निराश हो जाते हैं। जेब से चुनौटी निकालकर हथेली पर सुर्ती मलते हुए हनुमान जी का स्मरण करते हैं। फिर शंकर जी

फिर...सहसा उन्हें किसी अखबार में पढ़ी हुई एक खबर याद आती है। वे बड़ी आजिजी से कहते हैं, ''एक कोई हाईकोर्ट या सुप्रीमकोर्ट की नजीर है–जिसमें कहा गया है कि विचाराधीन बन्दी को हथकड़ी नहीं लगाई जा सकती।''

''आपको तो ऐसी भी नज़ीर मालूम होगी, जिसमें सुप्रीम कोर्ट ने होल्ड किया हो कि बाभनों को चमाइन पटकने की छूट है। तभी बाप-पूत दोनों जन जुटे पड़े हो।''

शिव हो शिव हो ! बेटे के मुँह पर बाप के लिए ऐसे बोल। बड़ा हरामुद्दहर सिपाही है यह साँवला। जरूर यादव या पासी होगा। ऊँचे खानदानवाला इतना 'हरामजादा' नहीं हो सकता। ठाकुरों बाभनों के खिलाफ मोर्चा खोल रखा है इनलोगों ने।

चट्टी पर आकर चारों लोग चाय की दुकान पर खड़े हो गए।

दुकानदार ने पैलगी किया तो धरमू के डूबते दिल को सहारा मिल गया। दिल खोलकर आशीर्वाद दिया।

''चाय छानूँ ? तैयार है। दूर से आते देखकर चढ़ा दिया था।'' दुकानदार पूछता है। पंडित जी स्वीकार में सिर हिला देते हैं। दुकानदार जानता है कि पंडित जी बाहर की चाय नहीं पीते। इसलिए बाकी तीनों लोगों को चाय का गिलास पकड़ाकर पंडित जी के लिए एक लौंग पेश करता है।

पंडित जी दुकानदार को तनिक अलग ले जाकर अपनी व्यथा सुनाते हैं। दुकानदार उस दिन बाकी रह गए बीस रुपयों की याद दिलाता है। मिल जाने के बाद एक हल सुझाता है, ''अच्छन काका का इक्का ले लीजिए। सामने गाँव में सीमेंट पहुँचाने गया है। आता ही होगा। मैं दो चादरें दे देता हूँ उसी का 'ओहार' (पर्दा) डाल दीजिए। जैसे नई बहू की बिदाई में डाला जाता है। उसी के अन्दर बैठ जाइए दोनों लोग।''

वाह ! क्या दिमाग पाया है, बनिए ने। ऐसे ही नहीं ये लोग सारे इलाके को लूटते ठगते चले आ रहे हैं। धरमू खुश हो गए।

लेकिन सिपाही अच्छन मियाँ के इक्के से जाने को तैयार नहीं

हुए। घोड़ी की औकात उनकी जानी-बूझी थी। चौदह कि.मी. की दूरी तीन घंटे में नापेगी। कोर्ट उठ गई तो मुल्जिम को लेकर कहाँ जाएँगे ?

अच्छन का इक्का आता हुआ दिखाई पड़ता है। धरमू मदद के लिए फिर बनिये की ओर देखते हैं।

''का हो दीवान जी। पंडित जी की इज्जतिया नीलाम करे से का फायदा मिलेगा ? जिसमें फायदा हो ऊ बात कीजिए न। पंडित जी आपसे बाहर थोड़े हैं।''

बनिया थोड़ी देर में सिपाहियों का सौदा भी पटा देता है। दोनों फरीक के फायदे का। जाकिट की जेब में हाथ डालते हुए धरमू को लगता है कि दुनिया से ईमान-धरम एकदम से उठ चुका है।

अब अच्छन मानने को तैयार नहीं है। दुकानदार उसका भी फायदा बताता है, ''वास्तव में तो तुम्हारे जिम्मे बाजार से डेढ़-दो कि.मी. आगे तक पहुँचाना ही रहेगा। तब तक बस आ जाएगी। इन्हें खुद जल्दी है। बस में बैठ जाएँगे। किराया मिलेगा शहर तक का। तो किसका फायदा हुआ ? असली काम है पर्दे के अन्दर बाजार पार करा देना।''

ओहार की चादरों का बनिया एक धेला किराया नहीं लेता और अपनी इस उदारता का उल्लेख अलग-अलग ढंग से दो-तीन बार करते हुए घोषणा करता है कि दुनिया से अभी ईमान-धरम एकदम ही नहीं उठ गया है।

ओहार बाँधते हुए छोटे भाई रामदत्त भी पहुँच जाते हैं।

पर्दे के अन्दर दो ही लोग बैठ सकते हैं। इसलिए रामदत्त ओहार के बाहर बाईं ओर बैठते हैं। दोनों सिपाही आगे की ओर इक्केवान के दाएँ-बाएँ। अचानक रामदत्त उतर आते हैं—''मेरी साइकिल।'' तय होता है कि रामदत्त बाजार तक साइकिल से चलेंगे, वहाँ साइकिल रखकर इक्के पर बैठ जाएँगे। लेकिन बाजार के नजदीक पहुँचने पर धरमू को गलती का एहसास होता है। वे चाहते थे कि बाजार से इक्का बिना रुके जितनी जल्दी हो सके गुजर जाए लेकिन

रामदत्त के लिए रोकना पड़ेगा।

यद्यपि रामदत्त ने लोगों के इस प्रश्न का कोई जवाब नहीं दिया कि वे किसकी विदाई कराकर कहाँ जा रहे हैं ? लेकिन पूछनेवालों की मुस्कानें बता रही थीं कि सबको सब कुछ मालूम हो चुका है।

हो सकता है रामदत्त ने ही पहले आकर लोगों को बता दिया हो। धरमू सोचते हैं। थोड़ा आगे बढ़ते ही काले रंगवाला सिपाही इक्का रोकने के लिए कहता है, ''जरा बीड़ी ले लें।''

''मैं आगे चलकर दस बंडल बीड़ी खरीद दूँगा दीवान जी।'' धरमू अन्दर से फुसफुसाते हैं, ''यहाँ मत रोकवाइये।''

मन पूरी तरह बुझ गया है धरमू का। पहली बार इस तरह मुँह छिपाना पड़ा है।

भाई जी को चन्दर की गिरफ्तारी की खबर देने पियारे शहर जा रहा था। उसकी बस बाजार से मील भर दूर ही गई होगी कि दोनों सिपाही हथकड़ी लगे चन्दर को लेकर बस में घुसते हैं। पीछे-पीछे धरमू और रामदत्त। पीछे बैठा पियारे आड़ ले लेता है।

वे लोग पहुँचे तो कोर्ट उठने ही वाली थी। रामदत्त तुरन्त एक दूर के रिश्तेदार वकील को पकड़ लाए। बेल अप्लिकेशन तैयार हुई और पेश होने के दस मिनट के अन्दर खारिज हो गई। इसकी अपील तो अब कल ही हो पाएगी—वकील समझाता है।

वकील का मुंशी उदास बदहवास धरमू का हौसला बढ़ाता है—''जेल भी तो मर्द लोगों के लिए बनी है पंडित जी। सब कुछ भूलकर पहले इन्हें कुछ खिला दीजिए।''

सही समय पर याद दिलाया मुंशी ने। बेटा सवेरे से ही भूखा है। पास के होटल पर ले जाकर बेटे को पूछ-पूछकर पूड़ी-सब्जी दही-अचार खिलाते हैं। बेटे से ज्यादा तो दोनों सिपाही खींच गए। कैदी वाहन में बैठने से पहले चन्दर ने पिता और चाचा के पैर छुए और पहली बार विचलित लगा। सुबह से अब तक पहली बार, भर्राई आवाज में बोला, ''अम्मा से कहना रोएँ नहीं। फाँसी थोड़े हो रही है।''

धरमू ने बेटे को गले से लगा लिया। उनके आँसू निकल आए। तभी उसके मामा पहुँचे। चन्दर ने मुड़कर उनके पैर छुए और जाकर कैदियों की लाइन में लग गया।

लम्बी गुर्राहट के बाद ढेर सारा धुँआ छोड़ते हुए कैदी वाहन चला तो धरमू को लगा कि आसपास की इमारतें और पेड़-पौधे धीरे-धीरे हिल रहे हैं। वे सिर थामकर वहीं जमीन पर बैठ जाते हैं।

भाई और साले उन्हें सम्भालते हैं। एक कप चाय पी लेने का आग्रह करते हैं। धरमू के इनकार करने पर भड़भूजे की दुकान पर आते हैं। नमक-जीरा मिलाकर एक गिलास सत्तू का घोल पिलाते हैं।

भाभी को तसल्ली देने के लिए धरमू छोटे भाई को घर जाने के लिए कहते हैं और खुद साले की मोटर साइकिल पर बैठकर वकील के घर चले जाते हैं।

पूरी बात सुनकर भाई जी पियारे से कहते हैं—"अपील की तारीख पता कर लेंगे। सरकारी वकील के भरोसे नहीं रहना। प्रायवेट वकील करके जमकर बहस कराई जाएगी। जमानत नहीं होने देनी है। कुछ दिन जेल की रोटी खाएँ, हाईकोर्ट तक पादें तब अकड़ ढीली होगी। अकल दुरुस्त होगी।"

अगले दिन तक पास-पड़ोस के गाँवों में खबर फैल जाती है कि बड़गाँव के चमारों ने पंडित को जेल भिजवा दिया। कोई कहता है बाप-पूत दोनों अन्दर हुए हैं। कोई कहता है सिर्फ बेटा।

जब लड़ाई शुरू हो गई तो पूरी ताकत झोंकना होगा—चन्दर के मामा धरमू को समझाते हैं, "लोअर कोर्टवाले वकील से काम नहीं चलेगा।"

जमानत की तारीख के एक दिन पहले खोखन बाबू का वकालतनामा लगवाया जाता है। फौजदारी के सबसे नामी और महँगे वकील। गरजती हुई बहस करने के लिए मशहूर।

लेकिन पहली तारीख पर तो अपने वकील को बुलाने का भी मौका नहीं मिला धरमू को। सरकारी वकील ने बताया कि अभी

मेडिकल रिपोर्ट ही नहीं मिली। और तारीख पड़ गई।

उस दिन बेटे के इन्तजार में मालकिन ने सारे दिन मुँह में अन्न का एक दाना भी नहीं डाला था। बेटे को चना दाल की पूड़ी और घुइयाँ की सब्जी बहुत पसन्द है। उन्होंने दोपहर में ही पीठा तैयार करके रख दिया था। आते ही अपने हाथों सेंककर गरम-गरम खिलाएँगी। शाम को बिना बेटे के दोनों लोगों को आया देखकर कुछ समझ ही नहीं पाई। उनके भाई ने समझाया–एक-दो तारीख तो पड़ती ही है। दूसरे फरीक को भी अपनी बात कहने का मौका दिया जाता है। दरअसल कानून ही बड़ा जालिम बनाया गया है चमारों के लिए।

मालकिन को समझ में नहीं आता कि शहर के हाकिमों ने ऐसा शिकंजेवाला कानून बनाया ही क्यों ? अपने शहर में चलाते रहें अपना कानून। हमारे गाँव में हमारा कानून क्यों नहीं चलने देते ?

मालकिन मुँह में कुछ डालने के लिए तैयार नहीं। वे बेटे को देखने के लिए बेताब हैं। धरमू समझाते हैं कि जमानत की अगली तारीख और चन्दर की रिमांड के लिए कोर्ट में हाजिर करने की तारीख एक ही है। उस दिन इजलास पर ले चलकर भेंट करा देंगे।

बेटे से मिलने के साथ-साथ मालकिन यह भी देखना चाहती हैं कि कचेहरी कैसी होती है ? वहाँ दोनों फरीक कैसे कानून की लड़ाई 'लड़ते' हैं ? 'जज' कैसे होते हैं ? 'पुकार' कैसे होती है ? मुकदमा कैसे 'चलता' है।

रजपत्ती डाक्टरी कराकर गाँव लौट आई है। उसकी हमउम्र सहेलियाँ जानना चाहती हैं कि कैसे हुई डाक्टरी ? राजपत्ती मुँह से नहीं बोलती। बस हाथ की तीनों उंगलियाँ दिखाकर 'फिक्क' से हँस देती है।

इजलास के बरामदे में हथकड़ी में जकड़े बेटे को देखते ही मालकिन का दिल 'धक्क' से हो जाता है। आँखों से झार-झार आँसू बहने

लगते हैं। हथकड़ी लगी रहती है उनके बेटे को ? इस बात को अब तक उनसे छिपाया क्यों गया ? वे देर तक थूक घोंटने की कोशिश करती हैं। लेकिन गला तो एकदम सूख गया है। बेटे के सिर पर हाथ फेरते हुए उनके हाथ काँप रहे हैं।

रिमांड की पेशी के बाद नीम के चबूतरे पर बैठाकर वे बेटे को घर से बनाकर लाया गया चावल-उड़द का 'फरा' और 'रिकवछ' खिलाती हैं। आँचल से उसका मुँह पोंछती हैं। चौदह-पन्द्रह दिन में ही चेहरा कितना उतर गया है। आज जमानत हो जाए तो वे बेटे को लेकर पहले बड़े हनुमान जी को लड्डू चढ़ाने जाएँगी।

यह तो उन्हें बाद में पता लगा कि घर का खाना खिलाने के लिए सिपाहियों को पचास रुपये देने पड़े थे। क्यों भला ? अपना ही खाना खाने के लिए ? गजब कानून बना रखा है सरकार ने, जेब भरने के लिए।

आज पुकार के पहले ही चन्दर के मामा खोखन बाबू को ढूँढ़कर ले आए। भाई जी ने एक दिन पहले ही पेशकार से खोखन बाबू का वकालतनामा लगाने की जानकारी कर ली थी। उन्होंने भी सिद्दीकी वकील साहब का वकालतनामा लगवा दिया। सिद्दीकी वकील साहब गरजने-तड़कनेवाली बहस नहीं करते। बस मुस्कराते हुए धीमे से असली 'प्वाइंट' रख देते हैं। आज भी उन्होंने आनरेबल कोर्ट से सिर्फ इतना अर्ज किया कि लड़की माइनर है। उम्र निर्धारण के लिए उसका एक्सरे होना निहायत जरूरी है। सदर अस्पताल की एक्सरे मशीन हफ्ते भर से खराब पड़ी है। एक्सरे रिपोर्ट आने तक मोहलत लाजिमी है। बस इसी बात पर तारीख पड़ गई। खोखन बाबू को तो खाँसने तक का मौका नहीं मिल पाया।

बिलबिला गए धरमू। मन हुआ कि वकील को फीस के नाम पर कानी कौड़ी भी न दें। पेशकार को पाँच रुपये देना खलने लगा। मालकिन तो वहीं बरामदे में बैठकर रोने लगीं।

मुन्ना बहुत खुश है। यह है बड़ा वकील रखने का फायदा। पाँच मिनट भी नहीं लगा। पैसा खर्च होता है, कोई बात नहीं। पैसा

तो हाथ का मैल है। वह भाई जी से कहता है--इसी तरह अगर चार-पाँच पेशी और पड़ जाती...।"

"पड़ेंगी-पड़ेंगी। देखते जाओ।" भाई जी झूमते हुए कहते हैं।

"सिर्फ पेशी ही बढ़वानी है कि अपील भी खारिज करानी है ?" सिद्दीकी बाबू का मुंशी पेंसिल से कान खोदते हुए पूछता है।

"अरे तब क्या बात है।" मुन्ना के मुँह से निकल जाता है।

"लेकिन तब तुम्हें भी पीछे-पीछे हाईकोर्ट तक दौड़ना होगा।"

"दौड़ेंगे। सौ बार दौड़ेंगे। आप खारिज तो करवाओ।"

मुन्ना को कोर्ट कचेहरी की बहुत सारी बातों की जानकारी होती जा रही है। हाईकोर्ट में तो सुनवाई के लिए अपील मेच्योर होने में ही ग्यारह दिन लग जाते हैं। तब तो कम से कम दो महीना जेल में रहना पक्का हो जाएगा।

आज सी.ओ. साहब तफतीस के लिए गाँव आ रहे हैं। रजपत्ती और मौके के गवाहों का बयान होगा।

सी.ओ. साहब ने तो तीन दिन पहले ही सबको अपने ऑफिस में बयान के लिए बुलवाया था। लेकिन भाई जी किसी को जाने नहीं दिए। सबको समझा दिया कि तफतीस में जितनी देर होगी उतना ही चन्दर का अन्दर रहना 'पक्का' होगा। शाम को मुन्ना के साथ गए और लिखकर दिला दिया कि धरमू अपने नाते रिश्तेदारों के साथ लाठी-बन्दूक लेकर शाम तक उसका घर घेरे रहे। बाहर निकलने ही नहीं दिया। कैसे आते हुजूर ? पुलिस सुरक्षा दी जाए।

चमरौटी के बीचों-बीच जो बिस्वा भर खाली जमीन है, वहीं नीम के पेड़ के नीचे बैरागी बाबा का टोले का इकलौता तख्त माँगकर उस पर एक पुरानी कमरी बिछाई गई है। कमरी इसलिए कि बैरागी बाबा के अनुसार कमरी ही ऐसा बिछौना है जो सदैव शुद्ध रहता है।

भाई जी ने बाजार के टेंट हाउस से किराए की दो कुर्सियाँ भी मँगवा ली है। सी.ओ. साहब के ठीक सामने नँगे पैर के अँगूठे से कच्ची जमीन को कुरेदती खड़ी रजपत्ती धीरे-धीरे काँप रही है। उसे

खुद पता नहीं कि उसके आँसू क्यों निकलने लगे। दुनिया जहान की आगे-पीछे की बातें गड्डमड्ड होकर उसके मन को मथ रही हैं।

उसकी माँ उसकी गीली आँखें पोंछती है—रो मत। रो मत।

''डरो नहीं। डरो नहीं।'' कोई कहता है।

सी.ओ. साहब ने 'फालतू' लोगों से हट जाने का इशारा किया है।

''और आगे आ जा।'' सी.ओ. साहब कहते हैं, ''क्या हुआ तेरे साथ ? सच-सच बोलना।''

रजपत्ती कुछ बोलती नहीं। सिर झुकाए खड़ी है।

''बताना पड़ेगा। बिना बताए हम क्या जानेंगे ? धर्मदत्त के बेटे चन्द्रकान्त मणि ने तेरे साथ कुछ किया था ?''

वह स्वीकार में सिर हिलाती है।

''क्या किया ?''

''साहेब, हमार कपड़ा फारि दिए।''

''कपड़ा ? कौन कपड़ा ?''

''आँचर, साहेब।''

''फिर ?''

''फिर हमार दूध पकड़ि लिए।''

''ऐं दूध ? अच्छा हाँ, दूध। फिर ?''

''फिर 'लंगी' मार कर खेत में गिरा दिए।''

''ओ ऽ ऽ तब ?''

उत्तर में रजपत्ती मुँह में आँचल ठूँसकर सिसकने लगती है।

''सुन लीजिए हुजूर, सुन लीजिए।'' उसकी माँ कहती है।

''तुम चुप रहो।...फिर ? फिर क्या किया ? 'बुरा काम' भी किया तेरे साथ ?''

वह सिसकते हुए स्वीकार में सिर हिलाती है।

''तूने कुछ नहीं किया ?''

''हम गोहार लगाए सरकार। परेमा की अम्मा घास छील रही

थी। सुनी तो वही दौड़कर आई।''

''कहाँ है परेमा की अम्मा ?''

विक्रम परेमा की अम्मा को समझा-बुझाकर ले आया है। क्या पता जरूरत पड़ जाए। और देखिए पड़ गई जरूरत।

परेमा की माँ थोड़ी दूरी पर बैठकर सब कुछ सुन रही थी। हाथ जोड़कर आगे आती है।

''तू वहाँ क्या कर रही थी ?''

''साहेब घास छील रहे थे। एक गाय है। महीना भर पहले बियाई है।''

''जितना पूछा जाय उतना ही बोलो।'' सी.ओ. साहब का पेशकार घुड़कता है।

''जहाँ यह वारदात हुई वहाँ से तू कितनी दूरी पर थी ?''

''साहेब, दो खेत की दूरी पर रहे। गोहार तो सुनाई पड़ी, बाकी ई समझ में नाहीं आवा कि कौन कहाँ से गोहार लगावत है। काहे से कि बीच में लाही (सरसों की अगैती किस्म) फूली थी। कुछ दिखाई नहीं पड़ता था। आवाज से अन्दाजा लगा तब दौड़े।''

''तो वहाँ पहुँचकर क्या देखा ?''

''देखा कि ई लड़की नीचे पड़ी छटपटा रही है। धरमू का बेटा उसके ऊपर सवार है। डाँट-डपट का कौनों असर नहीं देखा तो बाल पकड़कर खींचा। तब छोड़ा लड़की को। लड़की की सारी मजूरी पाँच सेर धान वहीं खेत में छितरा गया। अब भी वहीं छितराया पड़ा होगा। आप चलकर देख सकते हैं। कूला भर मटर रौंदकर 'समथर' कर दिया था। आप खुदै देख सकते हैं।

झिझक खुल गई परेमा की माँ की। बिना पूछे ही बोलती है, ''अरे सरकार, उठा तो दो गन्ना मेरी पीठ पर भी मारा तड़ातड़।''

''दूसरा गवाह ? मिस्त्री बहू ?''

''हाँ सरकार।'' मिस्त्री बहू खड़ी होती है—''मुझे मौके पर पहुँचने में थोड़ी देर हो गई हुजूर। घेर तो लिए थे लेकिन उठकर भागा। पकड़ में आ जाता तो हमेशा के लिए बद्धी कर देते।''

घुमा फिराकर पूछते हैं सी.ओ. साहब। लेकिन मिस्त्री बहू हर फन्दे को काट देती है। दोनों गवाहों के बयान हू-ब-हू एक जैसे। इसका मतलब घटना सही है।

"और कोई गवाही ? जो मौके पर मौजूद रहा हो ? नहीं ?"

सी.ओ. साहब कुछ देर तक दाँत में कलम दबाकर सोचते हैं। फिर रजपत्ती की माँ से पूछते हैं, "कितनी उमर है लड़की की ?"

"हुजूर मुश्किल से पन्द्रह साल।"

भाई जी ने पहले ही समझा दिया है। "माइनर बताने से बहुत फर्क पड़ेगा मुकदमे पर। जरूरत पड़ने पर मेडिकल रिपोर्ट को भी चैलेन्ज किया जाएगा।

दफा 164 का बयान कराने का आर्डर करके हाकिम उठ जाते हैं।

लौटते हुए सोचती है रजपत्ती—यही है बयान ? वह नाहक घबरा रही थी।

भाई जी खुश हैं। बहादुर लड़की है। पढ़ी-लिखी नहीं तो क्या। समझदार है। मुँह से झूठ भी नहीं बोला और...महाभारत देख लिया था क्या ? अश्वत्थामा...। इसी देलेरी से अगर दफा 164 का बयान भी सँभाल ले गई तो उस बाभन के लौंडे को सात साल तक जेल की चक्की पीसने से बरम्हा भी नहीं बचा पाएँगे।

पुरानी बात है। दस-बारह साल पुरानी। लेकिन भाई जी को लगता है, जैसे अभी कल की बात हो। तब भाई जी इस गाँव में संगठन के काम से नए-नए ही आना शुरू किए थे। इस इलाके में खेतिहर मजदूरों को बाबा आदम के जमाने से दिन भर की मजदूरी के रूप में छह पाव (डेढ़ किलो) अनाज देने का चलन था। वह भी घुना सड़ा पुराना मोटा अनाज। संगठन ने इसे बढ़ाकर कम से कम चार किलो देने और न देने पर काम का बहिष्कार करने का आन्दोलन चला रखा था। बड़ी जोतवाले सवर्ण किसानों का काम मजदूरों के बिना एक दिन भी नहीं चल सकता था। लेकिन वे मजदूरी बढ़ाने के लिए भी तैयार नहीं थे। संगठन के कार्यकर्ता उन्हें

अपने दुश्मन नजर आते थे। उनकी कोशिश रहती थी कि ये कार्यकर्ता उनके गाँव के मजदूरों के टोले में घुस ही न सकें। पकड़ लेने पर मारपीट करके बेइज्जत करते थे। इसलिए कार्यकर्ता अँधेरा होने के बाद चुपके से गाँव में घुसते। इलाके के अधिकांश खेतिहर मजदूर चमार, पासी या अन्य दलित जातियों के लोग थे। रात को उनके टोले में गुपचुप मीटिंग करते और पौ फटने के पहले गाँव छोड़ देते।

ऐसे ही एक बार भाई जी को गाँव से निकलने में देर हो गई तो सवर्ण लड़कों ने उन्हें गाँव के निकास पर पकड़ लिया। उन्हें गाँव के बीच बने नत्थूसिंह के कुएँ पर लाया गया। पानी भरने के लिए गगरे के गले में पहनाई जानेवाली उबहन के फन्दे में भाई जी के दोनों पैरों को फँसाकर जब उन्हें कुएँ में उल्टा लटकाया जाने लगा तो वे बाँ-बाँ करके चिल्लाने लगे। सारा गाँव तमाशा देखने के लिए जुट गया।

गाँव के चमारों की हैसियत तब ऐसी नहीं थी कि वे संगठित प्रतिरोध करके भाई जी को छुड़ा लेते। तब इन्हीं दलपत बाबा गनेशी, बाबा पियारे वगैरह ने चिरौरी विनती करके उन्हें छुड़ाया था। सवर्ण बुजर्गों के बीच-बचाव करने और दुबारा इस गाँव में दिखाई न पड़ने की शर्त पर छूटे थे भाई जी।

लेकिन जैसे ही वे पीछे मुड़कर जाने लगे, इसी चन्दरवा ने कसकर एक लात लगाया था। अनचित्ते में लगे इस लात के धक्के से वे सँभल नहीं सके और कुएँ की जगत के बगल के कीचड़ में औंधे मुँह गिर पड़े थे। उस लात की चोट पीछे नहीं, सीधे कलेजे पर लगी थी भाई जी के, जो आज तक चिलकती है।

कभी कर-कचेहरी के डाँड़े न जाने से यही होता है। जो रास्ता खोखन बाबू जैसे वकील ने नहीं दिखाया उसे दिखाया, पेड़ के नीचे टाइप मशीन लेकर खटर-पटर करनेवाले बरकत अर्जीनवीस ने। रिपोर्ट

पढ़कर बोला। ''अभी यहाँ जूझने से क्या फायदा ? ऐसा उपाय कीजिए कि केस की जड़ ही कट जाए। पहले तफतीस सँभालिए। सोर्स, सिफारिश, दबाव डलवाकर फाइनल रिपोर्ट लगवाइए और चैन की बंशी बजाइए।''

''कैसे ? कैसे ?'' धरमू ने पूरी देह को कान बना लिया।

''बेटा पन्द्रह दिन जेल में रह जाए या महीने भर, क्या फर्क पड़ता है ? लेकिन अगर सी. ओ. सिर्फ छेड़खानी का चार्ज लगा दे तो समझो सारा मामला खत्म। एफ. आर. लग जाए तब तो बात ही क्या है। सी.ओ साहब पड़ोसी जिले के ही ठाकुर हैं। आपके गाँव के पल्टन सिंह हैं न, उनके किसी रिश्ते में आते हैं। एक मामले में दो-ढाई महीना पहले पल्टन सिंह सिफारिस करने आए थे।''

उसी शाम धरमू पल्टन सिंह के दरवाजे पहुँचते हैं।

''जाने-अनजाने कोई चूक हुई हो तो उसे भूल जाइए, लम्बरदार। सनातन से क्षत्रिय दुष्टों, पापियों, असुरों और राक्षसों से ब्राह्मणों की रक्षा करते आए हैं। सी. ओ. साहब से कहकर मामला रफा-दफा करवाइए।''

धरमू को कैसे पता चली रिश्तेदारी ? धर्मसंकट में पड़ गए पल्टन। रिश्तेदारी जैसी रिश्तेदारी होती तो कुछ कहते भी बनता। उनकी बुआ की ननद की बेटी के दामाद लगते हैं सी. ओ. साहब। उन्हें खुद इस रिश्ते की जानकारी नहीं थी। डकैती के केस में फँसे ससुराल के एक ठाकुर ने आकर बताया था। लेकिन इस बात को धरमू से कैसे कहें ? कह दिए तो घर बैठे मिलनेवाला यह महत्त्व तो हाथ से जाएगा ही, धरमू यकीन भी नहीं करेंगे। हमेशा-हमेशा के लिए गाँठ बाँध लेंगे। लेकिन भाई-पट्टीदारों से पूछे बगैर यकायक हामी भर लेना भी ठीक नहीं होगा।

वे धरमू को आश्वस्त करते हैं, ''आप ब्राह्मण होकर दरवाजे पर आए हैं तो निराश होकर कैसे जा सकते हैं ? सिंचाई का काम दो-चार दिन में निबटा लें तो चलते हैं।

तीसरी पेशी के दिन धरमू साले-बहनोई सबेरे खोखन बाबू के घर पहुँचकर हाथ जोड़ देते हैं, ''आज जैसे भी हो, बेटे का उद्धार कराइए वकील साहब। उसकी माँ ने अफसोस के मारे चारपाई पकड़ ली है।''

डी.जी.सी. इस आधार पर मोहलत चाहता है कि अभी तफतीस पूरी नहीं हो पाई। एक्सरे नहीं हो पाया। मशीन ठीक नहीं हुई।

खोखन बाबू पहली बार गरजते हैं, ''वादी लिंगरिंग टैक्टिस अपना रहा है योर आनर। इनकी तफतीस कभी पूरी नहीं होने वाली। इनकी एक्सरे मशीन कभी ठीक नहीं होनेवाली। सारा मामला फैब्रिकेटेड है। हंड्रेड वन परसेंट फैब्रिकेटेड।''

सिद्दीकी बाबू एक नया प्वाइंट उठा देते हैं, ''धारा 164 का बयान तो नजरन्दाज करना मुनासिब नहीं होगा हुजूर। अभी आनरेबल कोर्ट तक बयान ही नहीं आया।''

और फिर तारीख।

इस बार की तारीख से एकदम पस्त हो गए धरमू। उनका मन हुआ कि इसी समय गाँव जानेवाली बस पकड़ लें।

मुन्ना दौड़कर एक किलो लड्डू ले आया और बरामदे में खड़ा होकर टोले से बहस सुनने आए लोगों तथा मुंशियों को बाँटने लगा। भाई जी किसी परिचित से बात करते हुए रह-रहकर ठहाके लगाने लगे। धरमू का मन हुआ कि साले की बन्दूक लेकर दोनों के सीने में एक-एक गोली उतार दें। गुस्से को दबाकर वे हट गए। ऐसा न हो कि आकर उन्हें भी लड्डू देने लगे।

साले-बहनोई कचहरी के सामने वाले पार्क में बैठे हैं। उन्हें लग रहा है कि इतना नामी वकील करने का कोई फायदा नहीं हुआ। क्या दोनों फरीकों के वकील मिलकर नूरा-कुस्ती लड़ते हैं। जब काम नहीं करा सकते तो नामी किस बात के ? दोनों को लगता है कि वे चक्रव्यूह में फँस गए हैं।

गाँव के ठाकुरों से बहुत मदद की उम्मीद नहीं है धरमू को। आठ दिन हो गए। अभी तक पल्टनसिंह सी.ओ. साहब के पास चलने का मौका नहीं निकाल पाए। कोई और रास्ता निकालना

होगा।

धरमू पता करने में जुट गए हैं कि यह जज है किस जाति का ? आजकल के हाकिम-हुक्काम ऐसा-ऐसा नाम रखने लगे हैं जिसमें सींग-पूँछ गायब रहती है। बिना जाति-पाति जाने आदमी कौन-सी राह पकड़े ? नाम पट्टिका पर लिखा है—यशोवर्धन। अब बताइए आदमी क्या समझे ? ब्राह्मण-ठाकुर होता तो हर हाल में जाति का नाम लिखता। बनिया-कायस्थ होता तो भी न छिपाता। लेकिन देखने में तो छोटी जाति का लगता नहीं। लम्बा-चौड़ा गौरांग है। ललाट भी चौड़ा है। कैसे पता चले ?

चन्दर को साथ न देखकर मालकिन के पैर काँपने लगते हैं। अब उन्हें अपने भाई पर गुस्सा आ रहा है। मुकदमे का सारा खर्च वे अपने भाई के हाथों ही करा रही हैं। लेकिन अब भाई से हिसाब कैसे माँगें ? भाई ने हजारों खर्च कर डाले लेकिन कभी घूमकर हिसाब नहीं दिया कि इतना पैसा गया कहाँ ? गया तो अकारथ क्यों गया ? वह इसी वक्त पूछना चहती हैं कि जमानत नहीं हुई तो आज के पाँच सौ कहाँ गए ?

मातमपुर्सी के लिए नाते-रिश्तेदारों का आवागमन बढ़ गया है। मालकिन का मन नहीं करता कि वे इनलोगों को पानी के लिए भी पूछें। वही बात बार-बार दोहराने की मजबूरी। वे किसी से बात नहीं करना चाहतीं। मुँह ढँककर अपनी कोठरी में पड़ी हुई हैं। बेटी ही सबको दाना-पानी दे रही है।

लवंगी ने रात में बताया कि भाई जी ने किसी मंतिरी से सिफारिश कराई है। मुन्ना हल्ला करता घूम रहा है कि चन्दर को साल भर जेल में सड़ाएँगे, जमानत नहीं होने देंगे।

मालकिन को यह बात सच लगती है। ऐसा न होता तो दुनिया के बड़े-बड़े चोर-डाकुओं की ज़मानत हो जाती है, उनके बेटे की क्यों न होती ? तो क्या अब सचमुच इनलोगों के चलते गाँव में रहना पहाड़ हो जाएगा ?

सबेरे रिश्तेदार जज साहब के घर जाने के लिए भाई ने किराए

भाड़े की बात रखी तो घर में बचा पाँच सौ का इकलौता नोट लाकर उन्होंने भाई के हाथ पर रख दिया। पिछली गर्मी में सरसों बेचा था तो बनिए ने पाँच-पाँच सौ वाले दो नोट दिए थे। उनमें से एक तो दामाद को विदाई में दे दिया था। दूसरा खर्च करने से आज तक बचाए हुए थीं। नोट देने के साथ-साथ उन्होंने सचेत भी किया, ''पाँच सौ का है, नहीं तो कहीं सौ के धोखे में दे दें।''

''इतना क्यों ? डेढ़-दो सौ चाहिए।''

''रखिए। आगे काम आएगा।''

दरअसल भाई को ही नहीं, वे धरमू को भी नहीं बताना चाहतीं कि उनका हाथ खाली हो गया है। इससे इनलोगों का हौसला घट जाएगा।

भाई के जाने के बाद मालकिन ने नेपाली को भेजकर गाँव के बनिए को खबर भिजवाई, ''धान बेचना है। आज ही आकर भाव-ताव कर ले।''

लेकिन पियारे क्या बेचें ? और उसके रहते बेटा किसी के दरवाजे कर्ज माँगने जाए, यह भी ठीक नहीं। भाई जी कहते हैं, ''जमानत तो एक दिन होनी ही है। असल चीज है ज्यादा से ज्यादा दिन तक चन्दर को सीखचों के पीछे रखना।''

पियारे की सोच है–पुकार होने से पहले हर पेशी पर वकील का मेहनताना देना पड़ता है। जितनी तारीख उतना मेहनताना। फिर तारीख बढ़वाने से क्या फायदा ? अरे भाई जेल तो जेल। चाहे एक दिन की, चाहे एक महीने की। हथकड़ी लगनी थी, लग गई। बहुत हो गया। अब बेकार रुपए फूँकने से क्या फायदा ?

मुन्ना कहता है, ''पैसा खर्च करके अगर उसे साल भर जेल में सड़ाया जा सकता है तो सड़ाया जाएगा।''

''मगर पैसा आएगा कहाँ से ?''

''चंदा किया जाएगा।'' भाई जी कहते हैं, ''बिरादरी के हर घर पीछे पाँच रुपये की मदद भी मिल जाए तो...।''

पियारे इसके लिए एकदम तैयार नहीं। पंच का पैसा पंच की

भलाई के लिए होता है। उससे मुकदमेबाजी ? हरगिज नहीं।

"यह भी तो पंच के सम्मान की लड़ाई है। सामूहिक लड़ाई।"

अगले दिन हलवाहिन मालकिन के कान में फुसफुसा जाती है, "घर पीछे पाँच रुपये का चंदा हुआ है, पाँच गाँव की बिरादरी पर। मुकदमे का खर्च जुटाने के लिए।"

बताइए भला—मालकिन सोचती हैं—एक उनलोगों की बिरादरी है कि एक की लड़ाई को सब अपनी लड़ाई समझ रहे हैं। एक हम लोगों की बिरादरी है कि सब दूर से मजा ले रहे हैं। या इस डर से चुप हैं कि उनके खेत में चमार काम करना न बन्द कर दें। गाँव में मजदूर मिलना कितना कठिन है। सब नगद मजदूरी के चलते शहर ही भागते हैं। शहरवालों के पास कितना इफ़रात पैसा रहता है कि हर साल दस-पाँच रुपये मजदूरी बढ़ा देते हैं। मालकिन को विश्वास है कि ठकुराने के लोग चमारों को शह दे रहे हैं। उन्हें पक्की खबर मिली है कि चमरौटी के लोग अपना दुखड़ा रोने ठकुराने जाते हैं।

उस दिन के बाद देवर रामदत्त भी नहीं दिखाई पड़े। एक दिन देवरानी आई तो सिच्छा दे गई—इसीलिए कहते हैं कि नीच जाति के मुँह नहीं लगना चाहिए। हलवाहिन कह रही थी कि उसने पियारे को देवर के साथ बातचीत करते अपनी आँखों से देखा है। गाँव का बनिया भी लूट लेने पर उतारू है। बाजार में चार रुपये किलो धान बिक रहा है और यह तीन रुपये से आगे न बढ़ने की कसम खाकर आया था। शहर पहुँचकर इसी धान का चावल बीस रुपये किलो बिकने लगता है। क्या पता क्या होनेवाला है। उनका दिमाग एकदम काम नहीं कर रहा है।

इस गाँव के बल्कि इस जिले जँवार के ठाकुरों-बाभनों में कोई 'दम' नहीं है। दम है न एका। नहीं तो दस-पन्द्रह घर चमारों की इतनी हिम्मत होती कि खुलेआम मुकदमा लड़ते। फूँक न दिया जाता सुअरबाड़े की तरह चारों ओर से घेरकर। एक बार उनके मायके के ठाकुरों ने साइकिल पर चढ़कर दुआर से निकल जाने भर से

एक चमार को हाथ-पैर बाँधकर उल्टा लटकाकर पीटा था। पता नहीं कैसे लीचड़ गाँव में ब्याह दिया उनके बाप ने।

इधर सारा घर इस झमेले में परेशान है उधर चमरौटी के लौण्डे बीघा भर ऊख तोड़ कर खंखड़ कर डाले। चने को खोंटकर बूँचा कर दिया! बोवाई पूरी हो नहीं पाई और सिंचाई भी हलवाह हलवाहिन के भरोसे है। धान पीटने में कई दिन लगा दिया दोनों ने–खबर देने वालियों ने दो बार खबर दी–हलवाहिन धान की बोरी छुपाकर अपने घर ले जा रही थी। पूछने पर बताया पइया है गोबर पाथने के लिए। बताइए भला। अभी धान ओसाया नहीं गया तो पइया कहाँ से पैदा हो गई। सीधे आँख में धूल झोंकने का मामला है लेकिन क्या करें ? जब साथ-साथ लगे रहिए तब तो आँख से काजल चुरा ही लेती हैं। इस साल तो उसी का रामराज है।

नेपाली-नैपालिन दिन में भी कोठरी में घुसे रहते हैं। इन पहाड़ियों की देह में कितनी गर्मी दी है भगवान ने। जानवरों को ठीक से चारा-पानी नहीं मिल रहा है। देखते-देखते दोनों बैलों की आँखें निकल आई हैं। भैंस बिसुक गई है। चन्दर से ही लगती थी। 'एकहथी' हो गई थी। दूसरे किसी को थन में हाथ नहीं लगाने देती।

उनके खिलाफ 'चौबाय' बयार बह रही है।

पिछली पेशी पर वकील साहब से समझ-बूझकर आने के बाद उनके भाई ने बताया था कि परेमा की माँ और मिस्त्री बहू एफिडेविट देकर घटना को झूठ कह देंगी तो छूट सकता है बेटा। लेकिन वे दोनों तो मानने से रहीं। दूसरी चमाइनों को फोड़ा जा सकता है।

मालकिन हलवाहिन को बुलाकर कहती हैं, "अब चन्दर को छुड़ाना तेरे हाथ में है।" फिर इसका उपाय बताती हैं।

बेटे-पतोहू से अलग रहनेवाली रमझरिया की दादी को समझा-बुझाकर लाई है लवंगी। ब्लाउज, जोड़ा धोती, नगद पचीस रुपये और दो मन गेहूँ।

लेकिन बहुत तिखाड़ती है बुढ़िया–"झूठ बोलकर नरक में क्यों जाऊँ मालकिन जब मैं वहाँ मौजूद नहीं थी।"

"चल रुपये पचीस की जगह पचास ले ले।"

हाथ नचाती है बुढ़िया, "बड़े-बड़े वकील-बरिस्टर को हजार रुपये देने में दरद नहीं होता और हमें दिखाती हैं—पचास रुपल्ली। पचास रुपल्ली में 'धरम' लेने चली है। पहले 'वैसे' धरम लेता है बेटा। फिर 'ऐसे' धरम लेती है महतारी। नहीं बेचना हमें अपना धरम।"

छनछनाती-बड़बड़ाती बुढ़िया बाहर जाने लगती है। घबड़ा जाती हलवाहिन, भेद न खुल जाए। दौड़कर उसकी राह रोकती है और बीस रुपये इस बात के दिलवाती है कि यह बात किसी से कहेगी नहीं। गाछ बिरिछ से भी नहीं।

"मैं अपनी बहन को बुलवा लूँगी।" लवंगी कहती है, "दोनों लोग लगा देंगे हल्फी। मुझे बुढ़िया की तरह पचास रुपये काटते थोड़े हैं।"

मालकिन के भैया तीन-चार दिन से कहीं गए हैं। बताकर नहीं गए। केवल इतना बताया कि कोई पक्का बन्दोबस्त करके लौटेंगे।

चमरौटी के लड़कों को खबर लग गई कि लवंगी टोले के खिलाफ गवाही देने के लिए टोले की औरतों को फुसला रही है। ऐसी गद्दारी। पहले मजदूरी आन्दोलन में टोले के फैसले के खिलाफ गई। अब इज्जत की लड़ाई में टोले के खिलाफ जा रही है। इसकी सजा नहीं दी गई तो जाने कितने गद्दार पैदा हो जाएँगे टोले में।

रात में धरमू के घर से लौटते हुए रास्ते में लवंगी को पकड़ते हैं टोले के लड़के—"टोले की भेदिया। दलपत बाबा के दुआर पर चलना पड़ेगा। तेरे खिलाफ पंचायत होगी।" रमभजना कसकर लवंगी की कलाई पकड़ लेता है।

"कैसी पंचायत रे ?" मैंने कोई चोरी-छिनारा किया है ?

—जब पंचायत में तय हो गया था कि कोई इन ठाकुरों-बाभनों की हलवाही नहीं करेगा तो तू इस फैसले के खिलाफ क्यों गई ?

—पंचायत ने यह क्यों नहीं तय किया कि शाम को मेरे घर चूल्हा कैसे जलेगा ?

—तू रजपत्तिया वाले मुकदमे के खिलाफ गवाही नहीं जुटा रही है ? यह बिरादरी से गद्दारी नहीं ? इसकी सजा मिलेगी। भरी पंचायत में तुझे मैला खिलाया जाएगा। भाई जी ने तय किया है कि...

—भाई जी कौन होता है मुझे मैला खिलानेवाला। वह खुद मैला क्यों नहीं खाता, जो रजपत्तिया के घर में रात दिन घुसा रहता है।

कौवारोर मच गया है। शोर सुनकर लोग उमड़े आ रहे हैं।

"सारी पंचायत रास्ते में ही कर डालोगे ? ले क्यों नहीं चलते।" कोई कहता है।

लेकिन भाई जी पर ऐसा बेहूदा आरोप सुनकर राजेश को गुस्सा आ जाता है। वह आगे बढ़कर पूछता है—"तूने रमझरिया की माँ को उस पंडिताइन से बीस रुपये किसलिए दिलवाए ? यह देख, यह रहा बीस रुपये का नोट।" राजेश नोट लहराता है।

—उसने किस बात के लिए रुपये लिए, तू बता ?

—कि वह किसी से गवाही देनेवाली बात न बताए।

—फिर भी बता दिया। रुपया भी लिया और बता भी दिया। तो गद्दार कौन हुआ ? मैंने तो इस टोले को कोई बचन नहीं दिया कभी कि धरमू की हलवाही नहीं करूँगी।

—तू धरमू की रखेलिन बन गई है। इससे बिरादरी की नाक कटती है।

—तेरी माँ बाजार के चिरौजी बनिया की रखेलिन तब तक रही जब तक उसके बेटों ने दुत्कार कर भगा नहीं दिया। उससे बिरादरी की नाक नहीं कटी ? उसको क्यों नहीं मैला खिलाया ? इस रमभजना को पता नहीं है कि जब तक इसकी माँ जवान थी तब तक बिना दलपत बाबा को आँगन में बुलाकर ओझाई कराए उसका भूत नहीं उतरता था ? इसका बाप रेल से कटकर परान देने क्यों

भागा जा रहा था ? अभी दूध के दाँत भी नहीं टूटे और यह चला है मेरा कल्ला पकड़कर पंचायत करने।

लवंगी की कलाई पर रमभजना की पकड़ ढीली पड़ जाती है। अब दनदनाती हुई जाती लवंगी की राह रोकनेवाला कोई नहीं दिखता।

गामासिंह की बैठक में विचार हो रहा है। उस दिन गामासिंह खुद गए थे धरमू के दरवाजे। यह कहने कि गाँव से गद्दारी मत करिए। लेकिन कहाँ माने धरमू ? यह कहना भी ठीक नहीं कि हमारी सिफारिस कारगर होना मुश्किल है। कोई सीधा रास्ता नहीं निकलता। नीति कहती है कि सिफारिस की जाए क्योंकि यह चमार के खिलाफ और ब्राह्मण के पक्ष में है। कारगर हो तो ठीक, न हो तो भी ठीक। एहसान तो हो जाएगा।

सबके सिर सहमति में हिलते हैं।

लेकिन अगर हम सिफारिश में चलते हैं तो अपनी मान-मरजाद के अनुसार भेंट सौगात लेकर ही चलना होगा। सी.ओ. रिश्ते में दामाद लगेगा। इसलिए फल-फरुट, मिठाई-चूड़ा का भार। तभी सिफारिश भी कारगर होगी। भार ढोने के लिए कहार ?

—भार कोई सिर पर ढोना है। इतने लोग चलेंगे तो धरमू गाड़ी-घोड़े की व्यवस्था करेंगे ही।

—धरमू नम्बरी मक्खीचूस। पहले ही साफ-साफ बता देना होगा कि यह सारा खर्च उन्हीं के जिम्मे आएगा।

—और नहीं तो क्या हमें पागल कुत्ते ने काटा है जो घर का उड़द जेंगर में मिलाने चलेंगे।

एक दिन पहले बड़े बेटे को भेजकर सी.ओ. साहब को खबर करा दिया है पल्टन ने कि बड़े गाँव के ठाकुर लोग 'मिलना' करने आ रहे हैं।

गामासिंह और नत्थूसिंह ने अपनी-अपनी बन्दूकें टाँग ली हैं।

गामासिंह को याद आता है—एक साल से बन्दूक की नाल नहीं साफ हुई। कल याद पड़ जाता तो चमका लेते। इस गाँव के ठाकुर बन्दूक को खोल में लेकर नहीं चलते। दूर से नाल न चमकी और कारतूस की पेटी कमर में न बँधी तो बन्दूक रखने से फायदा क्या ? नाई कल दोपहर तक ठकुराने का ही बाल बनाता रह गया था। महीनों हो गए थे मूँछ ऐंठे। अब सबेरे से ऐंठ रहे हैं नत्थूसिंह। तेल लगा-लगाकर। लेकिन उठने का नाम नहीं ले रही है। बाल बिखर-बिखर जाते हैं। मन करता है जाकर नाई को पाँच जूता लगा आवें। पल्टन सिंह ने नोकवाली पुरानी पनही निकालकर शाम को ही नीम के तेल में डुबो दी थी। शायद इसी को सलीमशाही जूती कहते हैं। बादशाह सलीम इसी को पहनता था। शादी-ब्याह में और नाते-रिश्ते में जाने पर इसी को पहनने का रिवाज रहा है बड़े-बड़े घरानों में। चमड़ा सिकुड़ जाने से थोड़ा-थोड़ा काट रहा है एड़ी में। कौन पैदल चलना है। वापसी में उतार देंगे।

किराए की जीप लेकर धरमू एक-एक आदमी के दरवाजे जाते हैं। पल्टन अपनी पत्नी को आवाज देकर कहते हैं—"तुम भी चली चलो। अन्दर तक पैठ पक्की हो जाएगी।"

सिरे से इन्कार कर देती है पल्टन बहू। आखिरी टैम पर इस्कीम बनाता है यह आदमी। साड़ी तो खैर बहू की माँगकर पहन लेंगी लेकिन ढंग की एक चप्पल तक नहीं है। बहू की चप्पल उन्हें होगी नहीं। चप्पल के लिए कितनी बार कह चुकी हैं लेकिन...।

गामासिंह और नत्थूसिंह ने केसरिया साफा बाँधा है। कहीं से एक चुनरी छाप अंगौछे का इन्तजाम हो जाए तो जीप के ड्राइवर को भी साफा बँधवा देना चाहते हैं गामा।

शहर आकर मिठाई और फल खरीदा जाता है। चिवड़ा धरमू घर से बँधवा लाए हैं। बाँस की झबिया खरीदकर उसे रंगीन पन्नी से सजाने में पल्टन बहू की मदद जीप का ड्राइवर करता है।

नत्थूसिंह सुझाव देते हैं—"जब पल्टन बहू चल रही हैं तो भेंट के लिए एक साड़ी भी ले लेना ठीक रहेगा।

सामान और साड़ी में हजार लग जाते हैं। जाकिट की जेब से रुपया निकालने के पहले तीन बार अन्दर से जी को कड़ा करते हैं धरमू।

गामासिंह ड्राइवर को अपनी जीप सी.ओ. साहब के गेट के ठीक सामने लगाने को कहते हैं। सी.ओ. साहब भी जान लें कि उनके रिश्तेदार जीप-कार से चलनेवाले लोग हैं।

घंटी बजाने और अन्दर खबर भेजवाने के बाद पत्नी को समझाते हैं पल्टन—"तुम्हें ही आगे बढ़कर सी.ओ. साहब की वाइफ को अपनी रिश्तेदारी समझानी होगी।"

बरामदे में ही एक सिपाही कुर्सियाँ डालता है। इसका मतलब अन्दर का बैठका नहीं खुलेगा ? पल्टन सोचते हैं—उस दिन तो खुला था।

लगता है घर की सारी कुर्सियाँ निकालनी पड़ी हैं। सी.ओ. साहब करीब दस मिनट बाद निकलते हैं। वर्दी-पेटी से लैस। वे दोनों हाथ जोड़कर नमस्कार करते हैं।

बात का सूत्र गामासिंह अपने हाथ में ले लेते हैं—बहुत बाद में बताया पल्टन ने कि जमाई बाबू अपने जिले में आए हैं। नहीं तो अब तक दस मरतबे हाल-चाल लेने आते।

अचानक पल्टन की नजर साड़ी का पैकेट पकड़े खम्भे के बगल में खड़ी पत्नी पर जाती है, "अरे, आप अभी तक यहीं हैं। अन्दर बेटी के पास जाइए न।"

"हाँ हाँ ! सी. ओ. साहब खड़े हो जाते हैं, "आइए, अन्दर, अन्दर आइए।"

ड्राइवर भेंट का सामान ला-लाकर बरामदे में रखता है।

"अरे, इन चीजों की क्या जरूरत है ?" सी.ओ. साहब कहते हैं।

"आपको जरूरत नहीं, यह तो हमें भी पता है। लेकिन हमारा धरम क्या कहता है ? बहिन-बेटी के घर खाली हाथ आएँगे ?" "नत्थूसिंह सबका परिचय कराते हुए धरमू की ओर इशारा करते

हैं, ''धर्मदत्त जी। हम सबके पुरोहित। हमारे पड़बाबा ने इनके बाबा को विन्ध्याचल से लाकर बसाया था। आजकल गाँव के चमारों के मारे परेशान हैं। उसी में आप की मदद माँगने आए हैं हमलोग। वही मामला जिसमें आप उस दिन तफतीश में गए थे।''

''इनका नहीं बल्कि पूरे गाँव के ठाकुरों का काम समझकर मदद करनी होगी आपको।'' गामासिंह कहते हैं।

सी.ओ. साहब कुछ जल्दी में हैं। बताते हैं कि किसी मीटिंग में तुरन्त निकलना है। वे संक्षेप में और सच बात सुनना चाहते हैं। लेकिन संक्षेप में बात करने की आदत नहीं बन पाई गामासिंह नम्बरदार की।

तब चन्दर के मामा कहते हैं, ''बाबू साहेब, आप खानदानी आदमी हैं। सच बात तो उस दिन तफतीश में खुद ही जान गए होंगे। सच बात सिर्फ इतनी है कि लड़की ने खेत से गन्ना तोड़ा था। उसी समय मौके पर लड़का पहुँच गया। डाँटने पर मुँह जोरी करने लगी तो वही गन्ना छीनकर पीठ पर दो बार मार दिया। मौके पर और कई औरतें थी। उजाले का वाकया है। लड़का चाहता भी तो कोई ऐसी-वैसी बात नहीं कर सकता था। लेकिन चमारों ने बलात्कार का मुकदमा लिखा दिया।''

''मैं तो कहता हूँ।'' गामासिंह गुस्से में कहते हैं, ''अगर पता होता कि बिना कुछ किए ही लड़के को जेल हो जाएगी, तो खुद ललकार देता कि कर डाल जो कुछ करना चाहे।''

''सोलहों आने झूठा आरोप लगा दिया, जमाई बाबू।'' धरमू गिड़गिड़ाते हैं।

चाय का कप रखकर उठते हुए कहते हैं सी.ओ.साहब, ''ठीक है। देखते हैं। आपलोग आए हैं तो जो हो सकता करेंगे।''

''देखने से काम नहीं चलेगा जमाई बाबू।'' नत्थूसिंह दो टूक कहते हैं, ''खुलकर मदद करनी होगी। जो हो सके। जैसे हो सके। नाते-रिश्तेदारी आखिर किस दिन काम आएगी।''

सिर हिलाते, हाथ जोड़ते बाहर निकल जाते हैं सी.ओ.साहब।

सी.ओ. साहब की यह जल्दबाजी गामासिंह को खल गई है। पल्टन कुछ कहने के लिए मुँह खोलते हैं, ''अपने सी.ओ. साहब...'' तो गामासिंह का मन करता है, चिल्लाकर कहें, ''सी.ओ. नहीं तो गधे की पूँछ। कल का लौंडा साला।'' वे तो उम्मीद किए थे कि पहुँचते ही दामाद के रिश्ते से सबका पाँव छुएगा। ऐसा होता तो धरमू की नजर में गाँव के ठाकुरों का रुतबा कितना बढ़ जाता।

दुखी तो पल्टन बहू भी है। उनके बताए हुए रिश्ते को वह लड़की समझ ही नहीं पाई। बहुत पढ़ाई-लिखाई भी आदमी को 'चोंधर' बना देती है क्या ? भेंट की गई साड़ी को आँख उठाकर देखा तक नहीं। ओंठ रँगे, मुँह पोते बबुनी बनी बैठी रह गई। लेकिन पद में बेटी होने के नाते गाँव जवार में कम से कम छह महीने तक तो इसके रूप, गुण की चर्चा करनी ही पड़ेगी। इसका नहीं, अपना मान रखने के लिए।

कितनी बढ़िया साड़ी पहने थी। हाथ-पाँव कितने नाजुक। जैसे ककड़ी की नरम बतिया। सिन्दूर क्यों नहीं लगाई थी ? यह भी नए जमाने का फैशन है क्या ?

महाभारत में दुर्योधन के दरबार में जैसा सुर्ख लाल कालीन बिछा था वैसा ही अन्दर भी बिछा था। पाँव रखने में संकोच हो रहा था। पूरा घर मह-मह महक रहा था। एक भी मक्खी नहीं।

लौटते हुए सबको आश्वस्त करते हैं पल्टन, ''पुलिस की नौकरी में यही तो मुसीबत है। मूतने की भी फुरसत नहीं। लेकिन लड़के ने कहा है तो जरूर मदद करेगा। बहुत तेज दिमाग होता है कम्पटीशनवाले लड़कों का। सब कुछ याद रहता है। लाखों में एक छाँटकर लिए जाते हैं। देखा नहीं, कितनी चरबाँक आँखें थीं—चकर-मकर !

चौथी तारीख पर लवंगी अपनी बहन चम्पा और नैपालिन सोना के साथ खुल्लम-खुल्ला गई गवाही देने। जब जाति के लोगों ने उसे

गद्दार बना ही दिया तो अब किस बात का डर ? किस बात का लिहाज ?

लेकिन आना-जाना बेकार हो गया। वकीलों की हड़ताल के चलते बीस दिन आगे की तारीख पड़ गई। हलफनामा तैयार हो गया। अगली पेशी पर काम आ जाएगा।

लवंगी के मन में कसक रह गई। उसकी इच्छा थी, इजलास पर चढ़कर हाथ नचा-नचाकर गवाही देने की। हीक भरकर भाई जियवा का पानी उतारती। लेकिन भगवान को मंजूर नहीं था।

चन्दर के मामा को सी.ओ. से मदद की बहुत उम्मीद नहीं लगती। रिश्तेदार जज साहब के घर तक दौड़कर जाना भी किसी काम का नहीं रहा। फोन मिलाते रहे। फोन ही नहीं मिला। आज एक नया जुगाड़ बताया है–पेशकार ने। अभी किसी को बताएँगे नहीं। कचेहरी से सीधे अपने घर जा रहे हैं। वहाँ से जुगाड़ के लिए निकल जाएँगे।

राजेश कहता है, "वकीलों की हड़ताल लम्बी खिंच जाती तो मजा आ जाता। कभी-कभी महीनों चलती है।"

चन्दर को डेढ़ महीने जेल में बन्द कराकर चमरटोले का मन बढ़ गया है। जिस दिन चौथी तारीख पड़ी उसके तीसरे दिन मुन्ना ने एक बड़ा-सा घेंटा (जवान नर सुअर) कटवाया। भाई जी और उनके चार-पाँच दोस्तों के साथ पूरे टोले को दावत दी गई। दूसरे गाँव के आठ-दस चौधरी भी बुलाए गए। सारी रात बैताली की नाच कम्पनी की 'सिन्धी' बजती रही।

पी लेने के बाद भाई जी के दोस्तों का दिल-दरियाव हो गया। बैताली जोकर के व्यंग्य और नर्तकी बने छोकरे के लहरे पर रीझकर उन्होंने इनाम देने में अपनी जेबें खाली कर दीं।

मुन्ना के जिम्मे हजार रुपये का कर्ज हो गया। लेकिन कोई बात नहीं। उसने अपने बड़बड़ाते बाप को कह दिया, "आपको चिन्ता करने की क्या जरूरत ? रुपये का इन्तजाम करना मेरी जिम्मेदारी है।"

भाई जी का सीना दिनोंदिन चौड़ा होता जा रहा है। बिरादरी में चारों तरफ नाम हो रहा है। कहाँ-कहाँ से लोग मिलने चले आ रहे हैं। वे चाहते है कि पन्द्रह-बीस गाँव की बिरादरी की एक भीड़ (सभा) हो जाए। अगले चुनाव में बिरादरी की पार्टी से 'एमेले' का टिकट मिल गया तो यह मेहनत रंग लाएगी।

महीने भर में मालकिन की देह गलकर आधी रह गई है। सबेरे से अधकपारी का दर्द शुरू होता है तो रात में सोने के बाद ही आराम मिल पाता है। गठिया भी जोर पकड़ रहा है। बेटी न आई होती तो दाना-पानी मिलना दूभर हो जाता।

लेकिन धर्मदत्त जी ने मन को समझा लिया है। आदमी तो निमित्त मात्र है। जो कुछ कराते हैं भगवान कराते हैं। क्रोध और चिंता करने से क्या होगा ? आदमी को अपना कर्तव्य करना चाहिए। बस। इन दिनों एक कर्तव्य सूझा है उन्हें। चन्दर के मामा होते तो उनसे भी सलाह लेते। पल्टन की बुआ उनकी भी बुआ लगेंगी। अच्छी तरह जानती-पहचानती है। चालीस कि.मी. पर रहती है। फिर उनकी ननद। यानी सी.ओ. साहब की वाइफ की नानी।

प्रविसि नगर कीजै सब काजा--गुनगुनाते हुए वे बाजार में आकर मोटरसाइकिल की टंकी फुल कराते हैं।

बुआ की ननद की ससुराल के गाँव का नाम बहुत याद करने पर भी उन्हें याद नहीं आता। लेकिन पल्टन से पूछने के बजाय वे सीधे बुआ के घर की राह पकड़ते हैं। बुआ से अपनी मुसीबत बताने के लिए पल्टन की मध्यस्थता की जरूरत थोड़े है। दोपहर का भोजन बुआ के घर करके बहिन के नाम फूफा जी की चिट्ठी और पाँच किलो लाई, बतासा, चिउड़ा की सौगात लेकर वे बुआ की ननद के गाँव की राह पकड़ते हैं। साठ कि.मी.। उस ननद के विवाह में अपने पिता के साथ बैलगाड़ी पर बैठकर वे भी गए थे बुआ की ससुराल। उसका गोरा लम्बा चेहरा और छरहरा शरीर अभी तक याद है। बात-बात पर हँसकर दोहरी हो जाती थी। यह भी याद है कि दूसरे दिन बासी बड़ा-भात खाने से चार-पाँच बरातियों को हैजा हो गया

था। इसी बात पर बरातियों-घरातियों के बीच तकरार हो गई थी। जमकर लाठी चली थी। एक लाठी पल्टन के पैर में लगी थी। पल्टन की चाल में जो हल्की-सी भचक है वह उसी लाठी के कारण है। बुआ से ननद का नाम पूछना भूल गए। नाम लेकर बुलाते तो कुछ और बात होती, लेकिन इतना सब याद दिलाने पर जरूर याद आ जाएगी। अब तो बूढ़ी हो गई होंगी। उनसे कम से कम दस वर्ष बड़ी तो होंगी ही।

भाई की चिट्ठी पाकर देर तक नैहर की याद में आँसू बहाती रही बुआ की ननद। हँसते समय चमकती दंत पंक्ति के आधे दाँत वक्त ने वापस ले लिए थे। चेहरे का रंग धूमिल पड़ गया था। धरमू की मोह माया से सनी बातों ने उस पर चमक पैदा कर दी। धरमू के शाम को ही लौट जाने के आग्रह को सिरे से खारिज कर दिया– ''नैहर की राह से गुजर कर आया हुआ तो कूकुर भी प्यारा होता है बाभन देवता। आप तो कुल पूज्य हैं। खा-पीकर आराम करिए। सबेरे जाइएगा। अगर मेरी नातिन के वश में है तो आपका काम जरूर होगा। मैं रात में ही चिट्ठी लिखवाकर रख लूँगी।

धरमू के टूटे मन में आशा का संचार हो गया है। कुछ भी हो, पुराने लोगों में अभी भी अपने गाँव-देश, नाते-रिस्ते के लिए दिल में जगह बची रह गई है। दो सौ कि.मी. का दौरा करके दूसरे दिन लौटते हैं तो कहीं थकान का नामो-निशान नहीं। तन पर, न मन पर। तुरन्त नहाते-खाते हैं। घी रखनेवाली पुरानी सीझी हुई खाली मेटी (हंडिया) ढूँढ़कर खुद ही धोते हैं और मोटरसाइकिल लेकर निकल पड़ते हैं। मोटरसाइकिल चलाते हुए मिट्टी की खाली मेटी को फूटने से बचाना आप मामूली काम समझते हैं ?

घर में ज्यादा घी कहाँ होगा ? होता भी तो पता नहीं मालकिन देतीं या नहीं। इसलिए उन्होंने चर्चा ही नहीं किया। बनिया की दुकान से तीन किलो देशी घी खरीदकर मेटी में भरते हैं और खाली जगह में आम का छोटा पल्लव डालते हैं। फिर मेटी के मुँह पर कपड़ा बाँधकर सुतली की रस्सी का अपका (टंगना) लगा देते हैं।

पल्लव, कपड़ा और रस्सी घर से मोटरसाइकिल की डिग्गी में रखकर लेते आए थे।

मोटरसाइकिल बनिए की दुकान पर खड़ी करके रिक्शा पकड़ते हैं।

सी.ओ. साहब हैं नहीं। और उनकी वाइफ न घी रखने को राजी हैं, न बाहर निकलने को।

धरमू घरेलू नौकर को बुलाकर एक चिट्ठी देते हैं, बहू जी को दे दो।''

चिट्ठी की प्रतिक्रिया अप्रत्याशित है। ड्राइंगरूम खुल जाता है। नौकर उन्हें अन्दर बैठाता है। बहू जी सामने आ जाती हैं। प्रणाम करती है। धरमू जी खोलकर आशीर्वाद देते हैं। देर तक।

''नानी ने चिट्ठी में हर तरह की मदद के लिए लिखा है।''

''तुम्हारी नानी हमें तबसे जानती है जब उनका ब्याह भी नहीं हुआ था। फिर उस दिन दिए चिवड़े का स्वाद पूछते हैं और आज लाए घी की तारीफ करते हैं, ''घर का, कपिला गाय का शुद्ध घी है। होम-हवन में काम आएगा। बाजार का थोड़े है। यहीं रहकर हम खाएँ और बिटिया को न मिले यह कैसे हो सकता है।''

अच्छी तरह जल-पान करके अपना दुखड़ा सुनाते हैं धरमू–''चमारों ने इस गरीब ब्राह्मण का जीना हराम कर दिया है बिटिया।''

''आपकी मदद नहीं होगी तो किसकी होगी ? नानी ने लिखा है। मैं आज ही इनसे बात कर लूँगी। आप कल सबेरे-सबेरे आइए तो भेंट हो जाएगी।''

दूसरे दिन सी.ओ. साहब भी प्रेम से मिलते हैं। धरमू बताते हैं कि वकील साहब ने तीन हरिजन औरतों का बयान हल्फी तैयार करवाया है। सी.ओ. साहब कहते हैं, ''उन्हीं तीनों को लाकर मेरे सामने भी बयान करा दीजिए।''

मालकिन को मेटी चले जाने का बहुत दुख है। पाँच साल की सीझी-सिझायी मेटी हाथ से निकल गई–''जमानत हो जाए तो

जाकर माँग लाइएगा। भले ही दो किलो घी और देना पड़े।''

जाड़ा बढ़ गया है। वे चन्दर के बाबू से दो बार कह चुकी हैं कि बेटे को उसकी रजाई दे आएँ। कहते हैं, जेल के कम्बलों में चीलर पड़े रहते हैं। खटमल जैसे मोटे-मोटे चीलर। मेरा बेटा कैसे सो पाता होगा ? अपनी रजाई ओढ़ने से क्यों कोई मना करेगा जेल में भाई ?

बीस दिन आगे की तारीख पड़ जाने से पक्का हो गया है कि इस बार बेटे की मकर संक्रान्ति जेल में ही बीतेगी। बेटा ही उन्हें लेकर हर साल मकर संक्रान्ति पर गंगा असनान कराने ले जाता था। लगता है दस साल में पहली बार उनका 'गंगा असनान' छूटेगा। खिचड़ी के त्योहार पर हर साल बननेवाला तिलवा ढूंढ़ी बनाने का उछाह भी नहीं है। जब उनका बेटा ही नहीं खा सकेगा तो बना कर क्या होगा ?

इस बार सचमुच गरजनेवाली बहस कर रहे हैं खोखन बाबू।

सिद्दीकी बाबू शुरू से भागने की राह तलाश रहे हैं।

''जरा मेडिकल रिपोर्ट पर गौर फरमाएँ हुजूर। लिखा है। हाइमन रैप्चर्ड। नाबालिग लड़की का हाइमन रैप्चर होना अपने आप में सबसे बड़ा सबूत है। और चौबीस घंटे के अन्दर मैं लड़की के नाबालिग होने का सबूत पेश कर दूँगा। सी.एम.ओ. ने पड़ोसी जिले से एक्सरे कराने का आर्डर कर दिया है—आज ही। चौबीस घंटे के अन्दर आ रही है रिपोर्ट।''

''कयामत तक नहीं आ सकती एक्सरे रिपोर्ट हुजूर। क्योंकि उसके आते ही विद्वान अधिवक्ता के झूठ का महल धराशायी हो जाएगा। मैं आपका ध्यान केस डायरी के इस पन्ने पर दिलाना चाहता हूँ।''

हाथ की केस डायरी खोलकर अदालत के सामने रखते हैं खोखन बाबू, ''जिन तीन मौके के गवाहों का एफिडेविट मैंने लगाया

है, उन्हीं तीनों ने स्वयं तफतीस करनेवाले अधिकारी के समक्ष बयान दिया है कि बलात्कार का आरोप झूठा और बेबुनियाद है। जरा यहाँ से पढ़ें हुजूर...।''

धरमू सी.ओ. के समक्ष लवंगी वगैरह के बयान देने की बात खोखन बाबू को दो दिन पहले ही बता गए थे। खोखन बाबू ने कोर्ट से अनुरोध करके थाने से केस डायरी मँगवा लिया है।

जज साहब चश्मा ठीक करके पढ़ते हैं, फिर सिद्दीकी बाबू की ओर संकेत करके कहते हैं—''देखिए।''

सिद्दीकी बाबू पढ़कर पियारे से पूछते हैं। ''लवंगी, सोना ? चम्पा ?''

''धरमू की हलवाहिन-चरवाहिन है हुजूर।''

सिद्दीकी बाबू इजलास को सम्बोधित करते हैं, ''ये गवाहान मुल्जिम की नौकरानियाँ हैं हुजूर। सेलरीड इम्पलाई।''

''परेमा की माँ और मिस्त्री बहू उस लड़की की चाचियाँ हैं हुजूर। रियल चाचियाँ। फेमिली मेम्बर।'' खोखन बाबू गरजते हैं—''किस्सा गढ़ने के लिए इनको घर के बाहर से दो गवाह तक तो मिल नहीं पाए हुजूर।''

''161 के बयान पर गौर करें हुजूर। 164 के बयान पर गौर करें। मुल्जिम जमानत पर छूट गया तो सारे गवाहों को तोड़ लेगा। मैं चौबीस घंटे के अन्दर...चौबीस घंटे की मोहलत...।''

दोनों विद्वान अधिवक्ता दिलचस्प नजारा पेश कर देते हैं। मुर्गों की लड़ाई तो देखी होगी। दाँव पर दाँव। पैंतरे पर पैंतरा। डी.जी.सी. को तो बोलने का मौका ही नहीं मिला।...और हो गई जमानत।

...विचारोपरान्त मामला जमानत योग्य पाया जाता है। अतः बिना वाद के गुण-दोष पर टिप्पणी किए बीस-बीस हजार के दो जमानतदारों और इतनी ही राशि का जाती मुचलका दाखिल करने पर रिहा किया जाए।

मुन्ना अपने वकील के मुंशी पर बौखला गया, ''तुम तो कहते थे वकील साहब के पास छत्तीस दाँव हैं। कहाँ गए सारे दाँव ? लगता

है घर से भाँग खाकर आए थे।''

भाई जी हाथ भाँज-भाँजकर चाय की दुकान पर चीख रहे हैं—''धोखा हो गया। सी.ओ. मुद्दई से मिल गया। एस.पी. के पास दरखास्त देकर इनक्वायरी अफसर बदलवाना होगा। एक बार के अलावा सी.ओ. दोबारा गाँव में गया ही नहीं। फिर लवंगी वगैरह का बयान कब हो गया ?

खोखन बाबू का मुंशी कहता है, ''ऐसे ही नहीं हो गई जमानत। ऐसी धाकड़ बहस पहले कभी सुना था ? मिठाई के लिए अलग से निकालिए महाराज।''

भाई जी के घर पर पियारे हिसाब लगाकर देखता है—साढ़े चार हजार गल गए। इसमें आठ सौ बिरादरी का चंदा भी है।''

मुन्ना तसल्ली देता है। ''पूरे साठ दिन जेल की चक्की पिसवा दिया। जो मुँह उठाकर साँड़ की तरह डकराता घूमता था, उस मुँह पर कालिख पुत गई। यह क्या मामूली बात है ?''

जमानत का आदेश तो एक बजे ही हो गया था लेकिन रिहाई आदेश जेल भेजवाने और चन्दर के बाहर आने तक पाँच बज गए।

धरमू ने बेटे को घर तक ले चलने के लिए किराए की जीप का इन्तजाम किया है। दोनों जमानतदार चन्दर के मामा अपने गाँव से लाए हैं। वे लोग भी साथ हैं। भाई रामदत्त का बेटा पिंटू और कॉलेज का उसका एक दोस्त भी बहस सुनने के लिए कचेहरी आ गए थे। वे भी साथ हैं। जेल के गेट पर सब लोग घंटे भर से इन्तजार कर रहे थे।

जैसे ही चन्दर बाप के गले से लगता है, दोनों लड़के नारा लगाते हैं, ''चन्दर भैया जिन्दाबाद !'' चन्दर की आँखों में चमक आ जाती है। मामा का पैर छूने के बाद वह दोनों लड़कों से गले मिलता है।

बेटे को सबसे पहले बड़े हनुमान जी का दर्शन कराने ले जाते हैं धरमू। मन्दिर के गेट से पाँच माला, पाँच तोला सिन्दूर और सवा किलो लड्डू खरीदते हैं। प्रसाद चढ़ाने के बाद पुजारी एक माला चन्दर के गले में डालकर माथे के बीचोंबीच लाल रोरी का टीका

लगा देता है। दोनों लड़के भी एक-एक माला चन्दर के गले में डाल देते हैं।

"ऐं।" चन्दर को कुछ सूझ जाता है। वह माली की दुकान से पाँच-छह माला उठाकर जीप के बोनट के अगले भाग में खड़े स्टील के राड में टाँग देता है।

माला का दाम देते हुए विस्मित हैं धरमू। मामा मन्द-मन्द मुस्करा रहे हैं।

जेल में बन्द एक नेताजी की हनक देखने के बाद चन्दर के मन में भी कुछ कुलबुलाने लगा है। क्या जोरदार स्वागत हुआ था उस नेता का जेल गेट पर।

इस समय अगर वह खद्दर का कुर्ता-पैजामा पहने होता तो ? पता नहीं क्यों चन्दर को लगता है कि वह कोई बड़ी लड़ाई जीतकर गाँव लौट रहा है। धरमू और चन्दर के मामा को भी कुछ-कुछ ऐसा ही लग रहा है।

"बाबू।" चन्दर धरमू से कहता है, "मैं चाहता हूँ, गाँव तक खुली जीप में खड़े-खड़े चलूँ। हाथ जोड़े हुए।"

"लेकिन यह नए माडल की जीप है। इसमें खड़ा होना सम्भव नहीं।"

बाजार में जीप रोकवाकर अपने दो-तीन परिचित लड़कों को ठूँसकर अन्दर बैठाता है चन्दर और नारा लगाने को कहता है। बाजार से गाँव तक के डेढ़-दो कि.मी. लम्बे रास्ते पर नारा गूँजने लगता है।

"चन्दर भैया जिन्दाबाद।"

"चन्दर भैया अमर रहें।"

"भक, उल्लू। अमर रहें नहीं, सिर्फ जिन्दाबाद।

चन्दर सोच रहा है—अगर मामा मोटरसाइकिल लेकर जीप के आगे-आगे चलते। अगर दो-तीन मोटर साइकिलें और होतीं...।

धरमू और मामा को अजीब लग रहा है, लेकिन बुरा बिल्कुल नहीं लग रहा है।

गाँव पर अँधेरा पूरी तरह उतर आया है।

मालकिन बेटे को सीने से चिपका लेती हैं। फिर हिदायत देती हैं, "यहीं रुको। पहले 'मरी माई' की धार छोड़ दें।"

घर में घुसते ही अपनी दुनाली बन्दूक निकालकर बाहर आता है चन्दर, और हवाई फायर करता है--धाँय ! धाँय !

मामा लपककर उसके हाथ से बन्दूक छीन लेते हैं। चमरौटी के लोग सनाका खा जाते हैं। अपनी-अपनी झोपड़ी छोड़कर भागने को तैयार। बहुत बार सुना गया है–बौखलाए ठाकुरों-बाभनों ने हरिजन बस्ती फूँक दी। सामूहिक नरसंहार। सामूहिक बलात्कार। कतल की रात न हो जाए आज की रात। दो महीने जेल की सजा काटकर आया है। कुछ भी कर सकता है। इसलिए अपनी-अपनी जान लेकर खेतों की ओर भागने को तैयार रहिए।

चमरौटी के चार-पाँच लड़के उस रास्ते के दोनों तरफ झाड़ियों में छिपकर बैठ गए हैं जो मुख्य गाँव से चमरौटी को जाता है। बूधन का बेटा स्कूल की पी.टी. टीम में है। उसके पास सीटी है। विक्रम ने सबको समझा दिया है जैसे ही सीटी की आवाज सुनाई पड़े फौरन भाग लेना। एक-दो एकनाली बन्दूक, बल्कि दो-चार कट्टे भी होते तो सारे गाँव का मुकाबला कर लिया जाता।

अभी तक पियारे, रजपत्ती और मुन्ना नहीं लौटे। चन्दर की जमानत होने का मतलब तो यही हुआ कि रिपोर्ट झूठी थी। तो झूठा केस बनाने के जुर्म में कहीं तीनों को...।

चमरौटी को छोड़कर सभी गए धरमू के दरवाजे पर। मेला लग गया है। हरिजन बनाम सवर्ण का मुकदमा चर्चा का विषय बना हुआ है।

"बड़ा बेढब कानून है।" मामा जी बताते हैं–"जैसे पहले ब्रह्म-हत्या का कोई प्रायश्चित नहीं था वैसे ही अब इस 'चमरदोखी' कानून की कोई काट नहीं है। जेल जाने के सिवा। ब्रह्म-हत्या का पाप तो हत्या होने पर लगता था। 'चमरदोख' तो चमार को चमार कह देने भर से लग जाता है।"

''भइया चमार को चमार न कहें तो क्या कहें ?''

''शौक से कहिए लेकिन पहले जेल जाने के लिए सतुआ पिसान बाँध लीजिए।''

ठाकुरों की सिफारिश काम आई, इसे धरमू मुँह खोलकर स्वीकार करते हैं।

ठाकुरों का एक एहसान बाभनों पर लद गया—सो सबलोग जान लें।

चन्दर को एकदम अच्छा नहीं लग रहा है, मामा द्वारा खींचा जा रहा यह डरावना दृश्य। जेल में उसके कई साथी बन गए हैं। सब हँस रहे थे कि कैसा गाँव है तुम्हारा ? नामर्दों का गाँव। आखिर चमारों को थाने तक पहुँचने ही क्यों दिया ?

वह अपने दोस्तों को बताता है, ''जिसकी कोई जान-पहचान न हो उसकी तो 'मरन' है जेल में। 'पक्के' साले महा बदमाश। जाते ही मेरी ड्यूटी गोबर झाड़ू में लगवा दी। मैंने भी कहा कि बाभन की औलाद हूँ। यह न समझना कि...एक हवलदार हैं तिवारी जी। उनकी वजह से बच गया...। जेल में तो भइया 'कतली' का ही रुआब रहता है। उनका सारा काम दूसरे लोग करते हैं—चोरकट गिरहकट पैर तक दबाते हैं। इसलिए जब भी जेल जाओ कतल करके जाओ।''

इसी भाई जी के चलते दो महीने सड़ना पड़ा जेल में। नहीं तो इस गाँव के चमारों में इतना दम कहाँ था ? चन्दर खुलेआम ललकारता है—मुन्नवा का तो खैर हाथ-पैर तोड़कर ही संतोख कर लूँगा, पर यह भाई साला दिख गया गाँव में तो सीने पर ही गोली दागूँगा। लात की मार भूल गया साला।

चन्दर का बखड़ना सुनकर लवंगी की छाती को भी ठंडक पहुँचती है। इसी भाई दुखदाई के चलते ही उस दिन टोले के लोग उसे मैला खिलाने पर आमादा थे। समझो भगवान ने ही लाज रखी। इसका गाँव में आना लवंगी को फूटी आँख नहीं सुहाता।

मालकिन को चन्दर का 'बमकना' तनिक भी अच्छा नहीं लग

रहा है। यही लोग जो यहाँ बैठकर हँस रहे हैं और उकसा रहे हैं ऊन की दून जोड़कर चमारों को भड़काएँ तो कोई ठीक नहीं। जरा-सी बात का तो इतना बड़ा बतंगड़ हो गया। खून-कतल हो जाएगा तो क्या होगा ?

वह आकर धीरे से बेटे को बरजती हैं, "जो भी मुँह में आए बोलते रहना अक्लमन्दी का काम नहीं बेटा। भेदिया दुश्मन हर जगह मौजूद होते हैं। कल को दूसरा भी कुछ करेगा तो अपना नाम आ जाएगा।"

सबके जाने के बाद पिंटू चन्दर की चारपाई के पायताने आ जाता है और फुस-फुसाता है—मुन्नवा और नेतवा तो हरामी हैं ही लेकिन राजेशवा और विकरमवा दर-हरामी हैं भइया। तुम्हारे जेल जाने के बाद यही दोनों तुम्हारे खिलाफ सबसे ज्यादा जद्द-बद्द बोलते थे।

"ऐं ?"

"तब क्या ? पहले इन दोनों का हाथ-पैर तोड़ना जरूरी है। उसमें भी राजेशवा का सबसे पहले।"

"तो पहले इसी की दवाई करते हैं।"

मन्द-मन्द मुस्काते हुए लौट रहा है पिन्टू। वक्त से 'दवाई' हो जाए तो राजेशवा की छात्र-संघ की उपाध्यक्षी लड़ने की जिद छूट जाए। पिन्टू को सबसे तगड़ी टक्कर उसी से मिलने का खतरा है। जेल गेट से लेकर गाँव तक व्यर्थ ही थोड़े गला फाड़ता रहा है वह आज।

खाना खाते हुए भाई बहन को बताता है, "आसान नहीं था जमानत करा पाना। मैंने सोचा कि काम हो जाए तभी बताऊँ। यों ही नहीं गायब रहा पाँच दिन। जज साहब के फूफा जी को जिला जालौन से लाना पड़ा जीप में बैठाकर। उन्होंने ही जज साहब को अपने घर में रखकर पढ़ाया था। बूढ़ा कोटि जतन आने को तैयार न हो। पाँच घंटे गाड़ी लेकर दरवाजे पर खड़े रहे। तेली है जाति का। कहाँ तो तेली के घर बाबा तुलसीदास ने पानी तक पीने का

निषेध किया है और कहाँ गर्ज पड़ने पर ब्राह्मण होकर उसका पैर तक छूना पड़ा। मैंने कहा कि यहीं अन्न-जल त्यागकर प्राण दे दूँगा। इससे प्राण नहीं निकले तो जनेऊ से फाँसी लगा लूँगा। तब जाकर आने को राजी हुआ, लेकिन इस शर्त पर कि मैहर माई और चित्रकूट धाम के दर्शन कराते हुए चलना होगा। तीन हजार तो जीप का किराया ही लग गया।''

मालकिन को इन बातों पर विश्वास नहीं हो रहा है, पर क्या बोलें ? भगवान 'डंड' देते हैं तो बोलने लायक भी नहीं छोड़ते।

दालान के दूसरे सिरे पर लेटे-लेटे साला बहनोई को समझाता है, ''कोशिश कीजिएगा कि किसी तरह सुलह हो जाए। मुकदमा लड़ने में कोई बुद्धिमानी नहीं है। गड्डी की गड्डी गल जाएगी। भाग-दौड़ ऊपर से। और कहीं सजा हो गई तो फिर अपील में पाँच-सात साल लगेंगे।''

''पियारे को मनाना कठिन नहीं है, बस मुन्नवा वापस परदेश चला जाए और उस नेता ससुरे की आवाजाही गाँव में बन्द हो जाए तो सब कुछ हो सकता है। मामला थोड़ा ठंडा पड़े तो कोशिश की जाए।''

''लेकिन अपने चन्दर महाराज ठंडा पड़ने देंगे तब न। इनकी बोली सुन रहे हैं।''

''तनिक आप ही समझाइए।''

अब ठाकुरों को लगता है कि चमारों के झगड़े में मन से धरमू का साथ न देकर गलती की गई है। शास्त्रों में कहा गया है—शूद्र उपकार ब्रह्म हत्या। शूद्र का उपकार करने और ब्राह्मण की हत्या करने का पाप बराबर होता है। धरमू की मदद न करना चमारों की मदद करने जैसा ही हुआ। चमार 'मनबढ़' हो गए। किसी दिन ठाकुरों को भी ललकार देंगे। 'नेतवा' का तो गाँव में आना फौरन बन्द कराना होगा।

आजकल पता नहीं कहाँ-कहाँ के लखेरे फटफटिया धड़धड़ाते हुए चन्दर से मिलने आते हैं। विचित्र शक्ल-सूरत, विचित्र कपड़े-लत्ते। धड़धड़ाते हुए एकाध चक्कर चमरौटी का भी लगाते हैं। रजपतिया के घर के सामने जैसे फटफटिया में कुछ बिगड़ जाता है। बड़ी देर तक फटफटिया को रोककर आसपास के लोगों को घूरते हैं। उस दिन एक ने रुककर रजपतिया की माँ से पूछा—

''रजपतिया कहाँ है रे ?''

अन्दर से आशंकित लेकिन बाहर से दबंगई दिखाती रजपतिया की माँ ने उसी तेवर में पूछा—''तू कौन है रे ?''

''अपने दामाद को नहीं पहचानती ?''

''दामाद होगा धरमू पंडित का। उन्हीं को जाकर यह बैल जैसी आँख दिखाना, नहीं तो मुँह नोच लूँगी।''

अगले दिन भाड़ के सामने मालकिन से सामना हो जाता है। मालकिन के साथ चल रही औरत कहती है—इस साल कितना कम बौर आया है आम के पेड़ों में।

मौका पाकर मालकिन रजपतिया की माँ को सुनाकर बोलती हैं—''कैसे बौरेगा आम ? घोर कलजुग तप रहा है। शूद्र-चमार का दिमाग सातवें आसमान पर है तो आसमान से चिर्री नहीं गिर रही है, यही क्या कम है ?''

''दिमाग तो खराब है तुम्हारे दर्जन भर दमादों का, जो गोली बन्दूक लेकर गाँव के दरवाजे-दरवाजे धमकाते घूम रहे हैं।'' रजपतिया की माँ मालकिन के मुँह के पास ऊँगली नचाकर कहती है।

''दूर से बात कर नीच।'' मालकिन गरजती हैं—''खोपड़ी पर चढ़ जाएगी क्या ?''

''नीच होगी तुम। तुम्हारे पूत-भतार। जो गली-गली कूकुर जैसे पूँछ हिलाते, सूँघते घूमते हैं।'' रजपतिया की माँ हाथ फेंक-फेंककर चिल्लाना शुरू करती हैं—''हम किस बात के नीच हुए रे।''

साथ की औरत मालकिन को खींचकर ले जाती है।

''बहुत जहर चढ़ गया है तुमलोगों को।'' मालकिन मुड़कर दाँत पीसते हुए कहती हैं—''सारा जहर झड़वा दूँगी। बहुत जल्दी। हरामजादी।''

इसके बाद गाँव में हवा फैलती है कि बहुत जल्दी रजपतिया का अपहरण होगा। चन्दरवा ने कसम खाई है कि जिस काम के झूठे आरोप में उसे जेल की हवा खानी पड़ी उसे सच किए बिना वह दाढ़ी मूँछ नहीं बनवाएगा। माँ के अपमान से उसके नथुने फूल पिचक रहे हैं।

पियारे का मन करता है कि बेलगाम जबानवाली अपनी घरवाली को हीक भरकर लातों-घूसों से पीटे। बुझती आग में यह फिर खर डाल आई। वह डर गया है। उसने तय किया कि रजपतिया को उसके ननिहाल पहुँचा देगा। जब तक आग ठंडी नहीं हो जाती वहीं रहे।

चन्दर की ललकार और मंशा से अनजान नहीं हैं चमरौटी के नौजवान। खाली चन्दर ही क्यों। ठाकुरों-बाभनों के लड़के हमेशा से ऐंठ दिखाते आए हैं। अकेला पाने पर घेरने के लिए कोई न कोई बहाना निकाल लेते हैं। राह बचाकर चलना पड़ता है।

भाई जी को पलपल की खबर है। उन्होंने सबको सावधान कर दिया है—''जैसे रेलवे स्टेशन और बस स्टेशन पर लिखा रहता है कि अपने सामान की रक्षा आप कीजिए, वैसे ही मैं कहता हूँ कि अपने जान-माल की रक्षा आप कीजिए। जब भी घर से निकलिए लाठी-डंडे के साथ निकलिए। हाथ में लाठी देखते ही अगला मुँह सँभालकर बात करने लगता है। नौजवान लोग कमर में चाकू-गुप्ती खोंसकर चलें। खाली खोंसे ही न रहें। किसी न किसी बहाने उसका प्रदर्शन भी करें।''

उन्होंने अपने पैसे से एक दर्जन चाकू खरीदकर खास-खास नौजवानों में बाँटा है।

लेकिन चाकू-छूरी से क्या होगा ? उनके पास बन्दूकें हैं। उस दिन छूटकर आने पर चन्दरवा ने धाँय-धाँय दो फायर किया तो सब

जान बचाकर खेत-खेतहरी में भागने लगे। दो बन्दूकें भी टोले में हो जाएँ तो...

दो नहीं चार दिलवाऊँगा। आप लोग दरखास्त तो दीजिए। इसी हरिजन बनाम सवर्ण के मुकदमे के आधार पर लायसेन्स मिल जाएगा।

भाई जी मन ही मन सोचते हैं, बन्दूकें रहेंगी तो आगे बूथ कैप्चरिंग के काम भी आएँगी।

चन्दर की धमकी और गाँव के 'तापमान' से भाई जी भी अनजान नहीं हैं। इसलिए वे खुद ही कुछ दिनों तक गाँव में आने से बचे रहना चाहते हैं।

चन्दर के जेल जाने की घटना इस गाँव के चमार रस ले-लेकर दूसरे गाँव के लोगों को सुनाते हैं। चमारों की नाच का करन्गिा (विदूषक) इसी गाँव का 'बैताली' है। वह नाच के बीच में चन्दर के जेल जाने का प्रसंग डाल देता है–

"ऐ लौंडिया !"

"क्या उस्ताद ?"

"ठीक से नाचो वरना दरोगा जी जेल भेज देंगे। कम्बल कुटैया हो जाएगी।"

"कम्बल कुटैया ? ऊ का चीज है उस्ताद ?"

"अरे, कम्बल कुटैया नहीं जानती ?" करिन्गा हँस-हँसकर दोहरा हो जाता है, "किसी दिन आकर मेरे गाँव के चन्दर महाराज से पूछना। जेल से निकलने के बाद कमर झुक गई है।"

"कमर काहें झुक गई उस्ताद ? बहुत पतली कमर थी क्या, मेरी तरह ?"

"अरे नहीं। तुझे पता नहीं कि कम्बल ओढ़ाने के बाद क्या होता है जेल में ?"

"क्या होता है उस्ताद ?"

"दे दनादन महुआ क लाटा। दे दनादन।"

"खी खी खी..."

दो कोस दूर की नाच की नर्तकी इस किस्से को अपनी तरह से पेश करती है। चन्दर को वहाँ कौन जानता है इसलिए उसके किस्से का यथार्थ थोड़ा जादुई रूप परिवर्तन के साथ आता है। उसके अनुसार चन्दर नहीं धरमू पंडित गए हैं जेल। कौन धरमू पंडित ? अरे वही बड़गाँववाले। लम्बा तिलक लगानेवाले, पउला जैसा खड़ाऊँ पहननेवाले। जो नेपाल के राजा से दच्छिना में नेपाली हलवाहिन पाएँ हैं गोरी चिकनी।

करन्गिा आँख फाड़ता है–"आय हाय।"

"तो जेल जाने पर उनकी पंडिताइन कैसे रोती हैं ?"

"कैसे लौंडिया ?"

मृदंग और झाँझ के ताल पर मछली की तरह कमर लचकाती नर्तकी गाकर बताती है :

अरे पूत के कुकरमे धरमू गए जेहलखनवा
गए जेहलखनवा हो गए जेहलखनवा
मुँगरन मार परत होई हैं
जेहलखनवा मा धरमू रोवत होई हैं

कम्बल ओढ़ाने के बाद मुँगरे की मार पड़ती है जेल में। ऐसे ही नहीं कमर टेढ़ी हो जाती।

"मुँगरा क्या होता है उस्ताद ?"

"ऐं मुँगरा नहीं जानती ? शहराती हो क्या ?"

"नहीं उस्ताद। प्योर देहाती हूँ।"

"फिर ? इतनी बड़ी हो गई तूने कभी मुँगरा नहीं देखा ?"

"नहीं उस्ताद !"

"कब्भी नहीं ?"

"कब्भी नहीं, उस्ताद।"

"देखना चाहती हो ?"

"नहीं उस्ताद।" वह हँसते हुए दूर भाग जाती है।

भाई जी अपनी बिरादरी पर नाराज हैं। जब लात-जूता पड़ता है तो भागे-भागे घूमते हैं, लेकिन संकट कटा नहीं कि फिर जस के तस। यहाँ से राजधानी तक दौड़-धूप करके उन्होंने केस का इन्क्वायरी अफसर बदलवा दिया। यानी एड़ीचोटी का जोर लगाकर धरमू ने जो कुछ कराया था उस पर पानी फेर दिया। अब सिरे से होगी सारी इन्क्वायरी। और इन्क्वायरी अफसर भी सिड्यूल कास्ट का होगा। मामूली बात है ? लेकिन इन देहाती भुच्चों को कौन समझाए...बीस दिन से जेब में बन्दूक के लायसेन्स का फार्म लेकर घूम रहे हैं। दो बार खबर भिजवाई लेकिन कोई लेने नहीं आया।

कल खबर भिजवाई थी कि आज बालमपुर से लौटते हुए वे गाँव के सामने से गुजरेंगे। हथिया ताल के भीटे पर आकर मुन्ना मिले। भीटे पर खड़े-खड़े आधा घंटा हो रहा है और मुन्ना का कहीं पता नहीं।

वे ताल की सुन्दरता निहारने लगते हैं। किसी जमाने में सचमुच हाथी के डुबान का पानी रहा होगा। ताल को चारों तरफ से घेरे भीटे पर बँसवारी रुसहनी और बकाइन की घनी झाड़ियों का राज है। इनके बीच में लाल अंगार की तरह अभी-अभी फूलना शुरू कर रहे हैं पलास। पीछे की ओर चौथे कोने से ताल का एक भाग पूँछ की तरह थोड़ा आगे तक बढ़ गया है। ताल के पानी में पड़ता हरियाली का प्रतिबिम्ब उसे और काला तथा रहस्यमय बना रहा है।

थोड़ी देर तक पानी को देखते रहिए तो आँखों में नींद उतर आती है। यहाँ के लेखे तो लगता है दुनिया में केवल बन्दरों और चिड़िया चुरमुन का ही राज्य है। इनकी दुनिया में भी कोलाहल मचा हुआ है।

कुछ दूर पर जोर-जोर से साइकिल चलाकर आता मुन्ना दिखाई पड़ता है। भाई जी अपने साथ आए बालमपुर के दोनों लड़कों से कहते हैं, ''अब तुमलोग जाओ।''

दोनों लड़के अपनी साइकिलें मोड़कर चल देते हैं।

मुन्ना सड़क से बाँस की कोठ की ओर आकर साइकिल तनिक

आड़ में खड़ी करता है। भाई जी के पैर छूता है। फिर बिना पूछे ही सफाई देता है–देर हो गई। माँ ने कहा कि मटर की पूड़ियाँ सेक देती हूँ। लेते जाओ। पता नहीं सबेरे से भाई जी के मुँह में कुछ गया है कि नहीं ?

सुनकर भाई जी खुश हो जाते हैं। मुन्ना साइकिल के कैरियर से दो खानेवाला अल्यूमिनियम का कटोरदान और चार हाथ का डंडा निकालता है। देखकर भाई जी खुश हो जाते हैं।

"लाठी-डंडा लेकर चलना शुरू कर दिया ? वेरी गुड। वेरी गुड।"

दोनों भीटे के भीतरी भाग में चले जाते हैं। पाकड़ के पेड़ के नीचे एक साफ-सुथरी खाली जगह देखकर मुन्ना अपना अंगौछा बिछा देता है। भाई जी हाथ-मुँह धोने तालाब की ढलान पर उतर जाते हैं। लौटकर कटोरदान खोलते हुए मुन्ना से अपना हैण्डबैग खोलने को कहते हैं–"बैग में बन्दूक की दरखास के पाँच फार्म हैं। इसे भरकर दस्तखत कराकर दो-एक दिन में दे जाना। बाकी काम का जिम्मा मेरा। और गाँव का हाल बताओ ?"

"सब ठंडा है। आपके आने-जाने में अब कोई खतरा नहीं दिखता।"

हलवाहिन हाँफते हुए दरवाजे पर पहुँची तो चन्दर अपनी दुनाली कन्धे पर टाँग चुका था। मोटरसाइकिल में किक लगाने ही वाला था। उसे आज बारह बजे वाला शो देखना है। बन्दूक की ओवर हालिंग कराने के नाम पर माँ से तीन सौ रुपये झटक चुका है।

"भाई जियवा आया है।" हलवाहिन ने पास पहुँचकर सूचना दी।

"कहाँ है ?"

"हथिला ताल के भीटे पर।"

पूरा पता लगाना जरूरी है। बाबू कहते हैं नीच जाति का कभी भरोसा नहीं करना चाहिए। पता नहीं कब दगा कर दें।

"तू वहाँ क्या करने गई थी ?"

"मैं माझेवाले खेत में सरसों काट रही थी। पेट में मरोड़ उठा, भीठे की ओर गई तो देखा उस पार पानी छूने बैठा था।"

"अकेला था ?"

"दूसरा तो कोई दिखा नहीं।"

"कितनी देर पहले ?"

"बस अब्भी ! समझो उड़कर आई हूँ।"

चन्दर की देह से आँच निकलने लगी। वह किक मारकर तीर की तरह निकला। हलवाहिन मुस्कराई—तीर निशाने पर लगा है।

पूड़ियाँ खाते हुए भाई जी सिर हिला रहे हैं।

अचानक मुन्ना को याद आता है—माँ ने घुटने पर बाँधने के लिए बकाइन की पत्तियाँ मँगवाई हैं। "आता हूँ।" कहकर वह डंडा लेकर बकाइन की पत्तियाँ तोड़ने भीट के पीछे के भाग में चला जाता है।

चन्दर मोटरसाइकिल का इंजन थोड़ा पहले बन्द कर देता है। फिर बँसवारी के पास लाकर मोटरसाइकिल खड़ी करता है और बन्दूक ताने हुए भीटे की झाड़ियों में घुसता है। गुस्सा होने के बावजूद वह इतना मूर्ख नहीं है कि अपनी लायसेन्सी बन्दूक से दिन दहाड़े 'मर्डर' करके फाँसी चढ़ जाए लेकिन ललकारते हुए एकाध मील दौड़ाने और दो-चार हवाई फायर करने से ही धाक जम जाएगी। हमेशा-हमेशा के लिए गाँव में आना बन्द कर देगा। यह डर गया तो टोले को पस्त करने में कितना समय लगेगा ?

लेकिन साला गया कहाँ ?

पहले भाई जी की नजर पड़ी। हाथ में तनी बन्दूक देखकर उनका हलक सूख गया। आगे मौत पीछे तालाब का गहरा पानी। किधर भागें ? वे उठे तो चन्दर की भी नजर पड़ गई।

"रुक जा स्साला ! खबरदार जो भागा।" चन्दर दहाड़ते हुए दौड़ा। निशाने से बचने के लिए भाई जी ने फौरन पाकड़ के पेड़ की आड़ ले ली। फिर तेजी से ऊपर चढ़ गए।

बकाइन की पत्तियाँ लेकर वापस लौटता मुन्ना दहाड़ सुनकर

एक झाड़ी के पीछे दुबक गया। चार कदम भी आगे होता तो अब तक वही निशाने पर होता।

पेड़ का एक चक्कर लगाकर चन्दर इधर-उधर देखने लगा।

कहीं देख तो नहीं रहा ? मुन्ना घबड़ाया और जमीन से मानो चिपक गया।

चन्दर पेड़ के पत्तों में छिपे भाई जी का सन्धान करने लगा, फिर माँ-बहन की गालियाँ देते हुए ललकारा, "उतर ! उतर नीचे, साला। हरामजादा। नेता की दुम।" और ट्रिगर दबा दिया—धाँय ! आस-पास के पेड़ों से सैकड़ों पक्षी फड़फड़ा कर उड़े। कौवे काँव-काँव करते हुए गोलाई में उड़ने लगे। वनमुर्गियाँ चीखने लगीं। पाकड़ की सैकड़ों पत्तियाँ कटकर गोल चक्कर लगाती नीचे गिरने लगीं। फिर पानी की बूँदें गिरीं।

लगता है साले ने डर के मारे पेशाब कर दिया।

"उतर आ साले बच गया है तो। नहीं तो पेड़ पर चढ़कर दागूँगा।"

पगडंडी के पास दालान की आड़ में खड़ी हलवाहिन ने चैन की साँस ली, गया दाढ़ीजार देश दुनिया से।

चन्दर ने फिर पेड़ का एक चक्कर लगाया। घूमते-घूमते उसकी नजर सामने की झाड़ी से उलझी। मुन्ना को लगा, उसका पेशाब उतर आएगा। जरूर देख रहा है। भागे भी तो किधर ? पीछे पानी और आगे साक्षात मृत्यु।

चन्दर ने ऊपर पाकड़ की फुनगी की ओर देखा और ललकार कर फिर ट्रिगर दबा दिया।

फिर पट्टे से कारतूस निकालने लगा।

बन्दूक एकदम खाली ? मुन्ना ने सोचा अगली गोली उसे ही छेदेगी। चन्दर की पीठ झाड़ी की ओर थी। पल भर का समय लगा होगा झाड़ी की आड़ से निकलकर डंडे का भरपूर वार चन्दर के सिर पर करने में।

चन्दर बिना आवाज किए बैठ गया। बैठते ही मूर्छित होकर

लुढ़क गया। बन्दूक पेट के नीचे दब गई।

मुन्ना ने सबसे पहले बन्दूक खींचकर झाड़ी में फेंका। फिर दबी आवाज में पुकारा, ''भाई जी, फौरन उतरिए। यह तो गया।''

भाई जी सँभल-सँभलकर उतरे। वे अभी तक काँप रहे थे। साँस तेज चल रही थी। झुककर देखा। एकदम बेहोश। खून काफी बह रहा है।

वे कमर से चाकू निकालकर काँपते हाथों से मुन्ना की ओर बढ़ाते हैं—''काट ले साले की नाक। फिर मौका नहीं मिलेगा। चारों तरफ नाम हो जाएगा।''

लेकिन मुन्ना चाकू पकड़ने को तैयार नहीं।

''अरे अभी तो इसने प्राण ले लिए होते हम दोनों के। पकड़। इतनी जल्दी भूल गया बहन की बेइज्जती ? बुजदिल। डरपोक।'' भाई जी मुन्ना के काँपते हाथों में जबरदस्ती चाकू पकड़ाकर मुट्ठी बन्द कर देते हैं। मुन्ना जी कड़ा करके झुकता है।

''बाप रे। इतना 'चीमर' होता है नाक का माँस ? कि यह चाकू ही 'मुर्दार' है।''

खून की धार देखकर चाकू उसके हाथ से छूट जाता है। वह भागता है। पीछे-पीछे भाई जी।

साइकिल के पैडिल पर ठीक से पैर नहीं सधता मुन्ना का। हैंडिल डगमगा रहा है। धोने के बाद भी लगता है हाथ में खून लगा हुआ है—लाल-लाल। वह बाजार की शुरुआत में ही साइकिल से उतर जाता है। हर आदमी उसे घूर क्यों रहा है ? फत्ते चौकीदार इस तरह कनखी से क्यों देख रहा है।

भाई जी कहते है—''साइकिल कहीं छोड़ दो और मेरे साथ शहर चले चलो।''

वह फुस-फुसाता है, ''बप्पा को भी गाँव से हटाना होगा। पता लगते ही वे लोग उसे मार डालेंगे।''

बैताली का लड़का बाजार में सिलाई करता है। मुन्ना उसकी दुकान के सामने साइकिल खड़ी करते हुए कहता है, ''अभी तुरन्त

मेरे घर चले जाओ। बप्पा से कहना भाई जी से मिलने फौरन शहर चले आवें।''

घंटे भर हो गए गोली चले हुए लेकिन चन्दर की फटफटिया की आवाज अभी तक नहीं आई। क्या करने लगा ? सरसों के खेत में खड़े-खड़े हलवाहिन सोचती है। चलकर देखें ?

और भीटे पर आकर चन्दर की हालत देखती है तो वह सन्पात जाती है। कपड़े लत्ते की सुध छोड़कर चिल्लाते हुए भागती है। थोड़ी देर में सारा गाँव जुट जाता है। माँ चीखते हुए बेटे के ऊपर भहरा पड़ती है। शोरगुल सुनकर चन्दर आँख खोलता है और उठकर बैठ जाता है। लेकिन खड़े होने की कोशिश करते ही फिर गिर पड़ता है। खून से कपड़े और जमीन तर।

पहले तो सरकारी अस्पताल में भर्ती ही नहीं ली जाती। 'पुलिस केस' कहकर थाने का मेमो माँगा जाता है। काफी हील हुज्जत के बाद जनरल वार्ड के एक कोने में फर्श पर जगह मिलती है।

मालकिन रह-रहकर बेहोश हो जाती हैं। दाँती लग जाती हैं। होश में आती हैं तो छाती पीटने लगती हैं। बाल छितराए हुए विलाप करती हैं।

सहसा उठती हैं और पति का कुर्ता छाती पर पकड़कर झकझोरते हुए दहाड़ती हैं, ''मेरे बेटे को नकटा करनेवाले का मूंड़ चाहिए। उठाइए बन्दूक और उतार दीजिए पचीस गोलियाँ उस हरामजादे की छाती में जिसने यह काम किया है।''

मेहरिया के हाथों इस तरह सरेआम झकझोरे जाने से गुस्सा आ जाता है धरमू को। जिसको नहीं पता वह भी यह नाटक देखकर जान जाएगा। वे मालकिन का हाथ झटककर दाँत पीसते हुए फुसफुसाते हैं--''जब तेरे बेटे ने मेरी नाक कटवाई तब तो नहीं उठा इतना दर्द।''

पल भर पति का चेहरा ताकने के बाद मालकिन घस्स से फर्श पर बैठ जाती हैं। एकदम गुमसुम।

धरमू भी उनके सामने उकड़ूँ बैठ जाते हैं। कन्धे पर हाथ रखकर

समझाने लगते हैं—"बस ऊपर की चमड़ी भर कटी है। जुड़ जाएगी। चन्दर की अम्मा, बेटे की जिन्दगी बच गई, इसका शुकर क्यों नहीं मनाती ?"

चन्दर यह नहीं बता पता कि उसके सिर पर वार किसने किया ? भाई तो पेड़ पर चढ़ा था। दूसरा कोई दिखा नहीं। भाई पकड़ा जाए तभी उस दूसरे का पता चल सकता है।

दवा का असर कम होते ही चन्दर के सिर में दर्द शुरू हो जाता है। कान में लगातार सीटी की आवाज आती है। यहाँ सी.टी. स्कैन की सुविधा नहीं है। बाहर से कराना होगा।

मालकिन बगल के मरीज की तीमारदार औरत को समझाती हैं—"सीटी बजने का खुलासा तो सीटी इस्कान से ही हो पाएगा।

धरमू एक लिखित तहरीर थाने में दे आए हैं। अपने साले को सहेज आए हैं कि जो भी खर्चा होगा झेला जाएगा लेकिन चमरौटी के सारे नौजवानों को, भाईजियवा सहित रिपोर्ट में नामजद करवा पाएँ तो करवा दें। थाना पूज लिया गया तो तहरीर बदलने में कितनी देर लगेगी।

मौके से अंगौछा, कटोर दान, चाकू और डंडा बरामद हो गया है। शहर में भाई जी के घर पर पुलिस दो बार छापा मार चुकी है लेकिन वह भागा हुआ है। गाँव से पियारे बाप-पूत भी गायब है।

थाने का मुंशी दाँत पीस रहा था—गर्वनर की लीद निकालने की 'साइत' बन गई। साले के चूतड़ की ऐसी सेंकाई की जाएगी कि ढपली की तरह बजेगा।

गाँव में नए सिरे से अफवाहों का बाजार गरम हो गया है। सुना गया है कि आसपास के गाँव के ब्राह्मण चन्दर की नाक काटे जाने की घटना को पूरी ब्राह्मण जाति के अपमान से जोड़कर देख रहे हैं। कोस भर दूर का गाँव है परसरामपुर। ब्राह्मणों का गाँव। वहाँ महापंचायत हुई है। इस गाँव के चमारों को सबक सिखाने का संकल्प लिया गया है। न सिखाया तो परसराम की सन्तान नहीं।

अरे सबक तो सिखा दिया था क्षत्रियों को, जो बड़े धनुषधारी बनते थे। एक बार नहीं इक्कीस बार। तो ये किस खेत की मूली हैं ?

टोले के लोगों को इसकी भनक लग गई है। बूढ़े-पुराने लोग और बच्चे जो भाग नहीं सकते, गाँव छोड़कर नाते-रिश्तेदारी में चले जाएँ चुपचाप। कुछ भी हो सकता है।

रजपतिया की माँ पुलिस की दबिस पड़ने के बाद ही झोपड़ी में ताला डालकर कहीं चली गई।

विक्रम नौजवानों को तैयार कर रहा है। उसने दो दिन के अन्दर दूसरे गाँव से दो कट्टेबाज और एक बम बनानेवाले उस्ताद का इन्तजाम कर लिया है। टोले के नौजवानों को टोले की इज्जत का वास्ता दिया गया है। दूसरे गाँव से आया उस्ताद उन्हें बम पकड़ने और फेंकने की ट्रेनिंग दे रहा है। वह मूल मंत्र बताता है—"बहादुरी इसमें है कि कौन उनके कितने विकेट गिराता है। अखबार में वही गिनती छपेगी।"

सारी सक्रियता और आवागमन रात में। तीनों बाहरी नौजवानों को दिन में छिपने के लिए गाँव के उत्तरवाले पलास वन में इन्तजाम किया गया है। दिन में एकदम सन्नाटा रहना चाहिए टोले में। बस रास्ते पर नजर रखिए और इन्तजार करिए।"

—इस समय भाई जी का होना बहुत जरूरी था। उनके फरार होने से...

"फरार ? कौन कहता है फरार हैं ? लखनऊ गए हैं। सेसन चल रहा है।

भाई जी ने राजधानी से ही एस.पी. के पास विधायक जी से फोन कराया है—कभी भी कुछ भी हो सकता है। फोर्स भेजिए फौरन...।

दोपहर में मंजूर मियाँ फिर फोन मिलाते हैं—मैं सदन से ही बोल रहा हूँ। आज की रात ही होगा हमला। पक्की खबर है। क्या फोर्स लगा रखा है ? चार सिपाही सैकड़ों बलबाइयों को कैसे रोकेंगे ? पी.ए.सी. भेजिए जनाब। आज नहीं, अभी। इसी वक्त। नहीं तो

जबाव देनेवाला। और आज उसके बेटे ने ऐसा कर दिखाया तो छिपे-छिपे घूमने का क्या मतलब ? यह तो दुनिया-जहान में डंका पीटकर बतानेवाला काम है। लेकिन नाक क्यों काटा ? सीधे मूँड़ ही क्यों नहीं काट लिया ?

भूसा घर में छिपी रजपतिया की माँ चौधराइन से बताती है–भागती न तो क्या करती ? दिन में दो-दो बार आ रहे थे सिपाही। धड़धड़ाते हुए अन्दर घुस जाते। मुन्ना के बाप का नाम लेकर चिल्लाते–कहाँ छिपा है साला ? लड़की को कहाँ छिपाया है ? चूल्हा चौका फोड़ डाले। गगरी-तुतुही फोड़ डाले। बर्तन बासन कूँच डाले। एक सिपाही जिसकी अभी ठीक से मूँछ-दाढ़ी नहीं जमी थी, मेरी चीथड़े जैसी लटकती छातियाँ टटोलने लगा हैजागाड़ा...भागती न तो क्या करती ?

–धीरे बोल धीरे। डर कर कहती हैं चौधराइन। चौधरी को बिना बताए उन्होंने छिपाया है रजपतिया की माँ को। पुलिस जान गई और उसके घर भी पहुँच गई तलासी लेने तब ? जवान बहू- बेटियाँ हैं घर में।

बड़े दरोगा ने फत्ते चौकीदार को तलब किया था और नीम के नीचे लुंगी लपेटे नंगे बदन नाई से बालों में चम्पी कराते हुए पूछताछ कर रहे थे।

–कुछ पता चला कि भाई के साथ दूसरा कौन था ?

–दूसरे हम थे सरकार।

बड़े दरोगा आँख खोलकर देखते हैं। पियारे हाथ जोड़े सामने खड़ा है।

–तू ? वे कुर्सी पर तनकर बैठ जाते हैं–तूने फोड़ी उस लौंडे की खोपड़ी ?

–जी सरकार।

–क्यों रे क्यों ?

–क्या करते सरकार ? जब आप अपनी जबान से मुकर गए...

–मैं ? मैं क्या मुकर गया रे ?

–आप ने कहा था सरकार कि गाँव में आऊँगा। पंडित के बेटे के मुँह में कालिख पोतवाऊँगा। गधे पर घुमाऊँगा। लेकिन...

–यह पियारे है सरकार, बड़गाँव का। जिसकी बेटी के साथ धरमू के बेटे ने।...फत्ते याद दिलाता है।

–हाँ ! हाँ ! लेकिन नाक क्यों काटा रे ?

–अपने कलेजे की धधकती आग बुझाने के लिए सरकार। सिर्फ खोपड़ी फोड़ने से वह ठंडी नहीं हो रही थी।

–साथ में कौन-कौन था ? किसने भड़काया ? किसने ललकारा ?

–बहिन-बिटियों की इज्जत पर डाका डालनेवाले को ठिकाने लगाने के लिए भला किसी के ललकारने-भड़काने की जरूरत पड़ती है ? अकेले काटा सरकार।

–स्साला ! नौटंकी का डायलाग बोलता है रे ? नचनिया है क्या ?

–पहले नाचता था सरकार। फत्ते बताता है।

–वो हरामजादा नेता भी तो था तेरे साथ। उसने कुछ नहीं किया ?

–नेता कभी कुछ करते हैं सरकार ? ऊ तो डर के मारे पेड़ पर चढ़ गए थे।

बड़े दरोगा कुर्सी से उठकर खड़े हो जाते हैं। पास आकर गौर से पियारे के चेहरे का मुआयना करते हैं। आवाज में कोई बिचलन नहीं। आँखों में कोई डर भय नहीं।

–कब से प्लान कर रहा था मारने की ?

–बहुत दिन से सरकार। जब से इसने मेरी बेटी की राह रोकी। बल्कि जब से मेरी बड़ी बेटी को इनलोगों ने डसा। बल्कि और पहले–पचीसों-पचासों साल पहले। जब से इनलोगों का जोर-जुल्म देखा। एक जुग से या कहिए पि: ले जनम से सरकार।

–का रे साला। गाँजा-वाँजा पीकर आया है क्या ? फत्ते ! जरा

इसका मुँह सूँघकर बता।

फत्ते सूँघकर इनकार में सिर हिलाता है।

—ठीक ! अन्दर कर दो साले को।

बड़े दरोगा के अन्दर जाने के बाद एक बीड़ी सुलगाकर सींखचों के पार से पियारे को पकड़ाता है फत्ते और फुसफुसाकर कहता है—"वाह बहादुर! इलाके में बिरादरी का नाम कर दिया।"

नाक और मुँह से धुआँ छोड़ते हुए पियारे कहता है—"लेकिन एक अरदास है फत्ते भइया। दीवान जी से कहिएगा, कल चालान कटे तो थाने से बाजार तक मुझे पैदल ही लेकर चलें।"

फत्ते मुस्कराकर कहता है—"तुम्हारे मन की बात समझ रहा हूँ। चाह पानी के बहाने बाजार में आधा घंटा रोक भी दूँगा। ठीक ?"

रिमांड के लिए पेश होते बाप की राह कोर्ट के बरामदे में रोक लेता है मुन्ना। एक सिपाही की जेब में पचास रुपये का नोट डालते हुए कहता है—बस पाँच मिनट की मोहलत दीजिए दीवान जी।

दोनों सिपाही बगल में खड़े होकर बीड़ी सुलगाने लगते हैं।

"आप की 'बुद्धिया' एक दम्मै 'भरिष्ठ' हो गई है क्या बप्पा ? काहे को जुर्म का इकबाल करने के लिए फाट पड़े ?"

मुन्ना के साथ उसका वकील और मुन्ना की माँ भी है।

वकील डराता है—"हेड इन्जरी अपने आप में फैटल। साथ में अंग-भंग भी। 307 के साथ 325 भी नत्थी है। हमेशा-हमेशा के लिए अन्दर हो जाओगे। वरना जो कह रहा हूँ, ध्यान से सुनो। मैं साथ ही साथ बेल अप्लिकेशन दे रहा हूँ। पूछा जाए तो यही कहना कि मैं कुछ नहीं जानता। दुश्मनी के कारण फर्जी फँसाया गया है।"

नहीं वकील साहब। सही है कि मैंने नहीं मारा। लेकिन यह भी सही है कि मन ही मन जाने कितनी बार मारा है। बोटी-बोटी काट डाला है। और आज जब 'जस' लेने का मौका आया है तो

कहते हैं इनकार कर दूँ ?'' फिर पत्नी की ओर मुँह करके पूछता है–''तुम क्या कहती हो मुन्ना की माई ? इनकार कर दूँ ?''

वकील बीस कोने का मुँह बनाता है–''पागल है क्या ?''

वह हाथ पकड़कर खींचता है–''इधर आइए चाय की दुकान पर।''

पियारे को चाय पिलाते हुए वकील नया रास्ता सुझाता है–''ठीक है। मत करो इनकार। लेकिन तब यह भी कहो कि मुझे मारने के लिए बन्दूक लेकर दौड़ा। मेरे ऊपर गोली चलाई। निशाना चूक जाने के चलते बच गया। और जब दुबारा गोली भरने लगा तो अपनी जान बचाने के लिए मारना पड़ा।''

''नहीं वकील साहब। मुझे जेल जाना है। जेल की रोटी खाकर पराश्चित करना है। इस पाप का पराश्चित कि कान-पूँछ दबाकर इतने दिनों तक उनलोगों का जोर-जुल्म सहता रह गया।''

फिर मुन्ना की ओर उँगली उठाकर दृढ़ता से कहता है–''खबरदार जो मेरी जमानत कराई।''

अब तक सारी बात चुपचाप सुनती मुन्ना की माँ कहती है–''अब इन्हें मत रोकिए वकील साहेब। इसी में इनकी 'मुक्ती' है।''

सिपाही हथकड़ी की डोरी खींचता है।

पियारे के जाने के बाद थोड़ी देर सन्नाटा रहता है, फिर वकील कहता है–''आज बेल अप्लिकेशन देना खतरे से खाली नहीं। क्या पता बिना पूछे ही चिल्लाने लगे। इसे रिमांड पर चले जाने दीजिए, तब देखेंगे।''

फिर पान की पीक एक कोने में थूककर कहता है–''अरे, जरूरत पड़ी तो पागल साबित कर देंगे।''

जेल वाहन की जाली से मुँह सटाकर फागुन की ठंडी पुरवा को फेफड़े में भरता है पियारे और आँखें मूँद लेता है। उसे लगता है जैसे पुरखों का 'तर्पण' करने के लिए 'गया-जगन्नाथ जी' जा रहा है।

●●●